Captive d'un époux grec

NATALIE ANDERSON

Captive d'un époux grec

Traduction française de
EMMANUELLE DETAVERNIER

AZUR

HARLEQUIN

Collection : Azur

Titre original :
THE GREEK'S ONE-NIGHT HEIR

HARPERCOLLINS FRANCE
83-85, boulevard Vincent-Auriol, 75646 PARIS CEDEX 13
Service Lectrices — Tél. : 01 45 82 47 47

www.harlequin.fr

ISBN 978-2-2804-4367-8 — ISSN 0993-4448

1.

— Tu devrais te reposer au lieu de t'inquiéter pour moi, déclara Theo Savas, au téléphone, en s'efforçant de conserver son sang-froid.

Il vivait avec son grand-père depuis son enfance et c'était la première fois depuis près de vingt ans que le vieil homme se permettait de se mêler de sa vie privée. Il aurait pourtant mieux valu pour tous les deux maintenir une certaine distance. La volonté de son grand-père de transgresser cette règle tacite était à la fois déconcertante et dangereuse.

— Tu viens juste de te faire opérer et…

— Cet incident m'a justement fait réfléchir, le coupa le vieil homme. Il n'y a plus de temps à perdre, Theodoros. Tu fêtes ton anniversaire dans quelques semaines.

La lumière du foyer clignota, invitant le public à regagner son siège, mais Theodoros l'ignora. Il devait impérativement convaincre Dimitri d'oublier ses préoccupations.

— Sous-entends-tu que je deviens vieux ? demanda-t-il dans l'espoir de détendre l'atmosphère.

Hélas, sa piètre tentative se solda par un échec.

— Je ne suis pas pressé, je…

— À ce train-là, je n'aurai jamais l'occasion de connaître mes petits-enfants !

— Arrête un peu, rétorqua Theo. Tu as encore des années devant toi.

— Je suis sérieux. Il est temps de fonder une famille et de…

— Je le ferai, l'interrompit-il en se passant une main sur la nuque dans l'espoir de se détendre, mais en vain.

L'insistance de Dimitri le mettait mal à l'aise, mais il ne pouvait le lui avouer.

Malgré lui, son regard se posa sur la foule et il comprit soudain qu'il risquait de manquer le début de la représentation.

Comme il s'avançait, une jeune femme le dépassa et il s'arrêta net pour ne pas la bousculer. Trop occupée à fouiller dans son immense sac à main, la délicieuse inconnue ne le remarqua même pas.

— Que penses-tu d'Eleni Doukas ? s'enquit Dimitri, le ramenant à leur conversation. Elle est très belle, et je sais que tu apprécies les belles femmes…

Theo retint un soupir. Il aimait les femmes, oui, mais la plupart d'entre elles voulaient plus qu'il ne pouvait leur donner.

— Et pourquoi pas Angelica ? continua le vieil homme. Elle ferait une bonne épouse même si vous ne vous êtes plus parlé depuis des années.

Une situation qui lui convenait parfaitement. Angelica possédait toutes les qualités que recherchait Theo. Elle était intelligente, raffinée, et elle lui avait clairement fait comprendre qu'elle était prête à l'épouser et à lui donner des enfants. Seulement, elle avait précisé qu'elle ne verrait aucun inconvénient à ce qu'il prenne une ou plusieurs maîtresses, une perspective inenvisageable pour lui.

S'il se mariait un jour, il avait bien l'intention de rester fidèle à son épouse et attendait la même chose de celle-ci. Il connaissait mieux que personne les conséquences désastreuses d'une aventure extraconjugale.

Si la proposition d'Angelica était peut-être sensée, il ne pouvait se résoudre à l'accepter… Mais Dimitri n'avait pas besoin de le savoir.

— Tu as raison, répliqua-t-il. Ça fait effectivement des années que je ne l'ai pas croisée.

Pour une raison inconnue, son attention fut de nouveau attirée par la jeune femme fouillant dans son sac. Contrairement aux autres invités, elle portait un pantalon noir soulignant ses longues jambes fuselées ainsi qu'un chemisier gris et un cardigan en laine noir.

Sa tenue n'avait rien de sexy, mais il ne pouvait détourner son regard d'elle. Elle dépassait les autres femmes d'une bonne tête alors qu'elle avait opté pour des chaussures plates. Et l'expression de son visage était… déconcertante.

Elle lançait des regards désespérés à l'ouvreuse tout en continuant de chercher quelque chose dans son sac à main. Avait-elle l'intention de la soudoyer pour entrer ? Si c'était le cas, elle avait sûrement une chance d'y arriver. Ses grands yeux étincelants et ses joues roses n'avaient-ils pas éveillé son intérêt ?

— Bien entendu, si Angelica ne te convient pas, tu peux toujours…

— Organise une rencontre, le coupa Theo.

La perspective d'un mariage arrangé le remplissait d'effroi, mais cela permettrait au moins de rassurer son grand-père.

Comme il s'approchait de l'inconnue, il nota soudain qu'elle avait pâli et semblait horriblement gênée.

— Présente-moi tes trois candidates préférées, ajouta-t-il distraitement.

— Tu es sérieux ? s'enquit Dimitri.

— Oui.

Accepter de les rencontrer ne l'engageait à rien.

— Je suis prêt à le faire si ça peut te rassurer et te convaincre de te reposer, ajouta-t-il.

Les médecins l'avaient prévenu que le vieil homme avait besoin de repos, mais également de se concentrer sur un objectif précis. De nombreux patients ayant échappé de peu à la mort passaient souvent par une période de dépression après une opération.

En acceptant la requête de Dimitri, il lui donnait également l'occasion de penser à autre chose qu'à son état de santé.

— Je rentre demain et passerai te voir dans l'après-midi,

poursuivit-il. Nous en reparlerons à mon retour, je te le promets. Il faut que j'y aille, j'ai du travail.

— Très bien. Merci, Theodoros, répondit Dimitri dans un souffle.

La réaction du vieil homme le surprit. Dimitri avait toujours été un homme fort et solide, prêt à relever tous les défis qui se présentaient à lui. Et, à présent, cet homme d'affaires au sang-froid se préoccupait uniquement d'avoir des petits-enfants ? Dimitri était plus fragile qu'il se l'était imaginé… Et il ne pouvait le décevoir car il lui devait tout.

— De rien, répondit-il, la gorge nouée. Dors bien.

Il raccrocha et regagna le foyer. En tant que mécène, il bénéficiait du meilleur siège, mais il l'avait probablement perdu étant donné que les portes étaient à présent closes.

Il aurait sans doute pu arriver à temps s'il s'était pressé, mais la mystérieuse inconnue occupait encore ses pensées.

— Je suis désolée, dit-elle en glissant une mèche de cheveux derrière son oreille. Je l'avais, je vous le promets, murmura-t-elle en continuant à fouiller dans son sac.

— Je suis navrée, madame, répondit l'employée. Mais, sans ticket, je ne peux pas vous…

— Je comprends, la coupa-t-elle d'un ton désolé. Mais je suis certaine de l'avoir pris.

Elle glissa les mains dans ses poches avant de lancer des regards désespérés autour d'elle comme si elle s'attendait à ce qu'il se matérialise devant elle.

— Je vous jure que je l'avais.

— Malheureusement, il est trop tard, déclara l'employée d'une voix cassante.

L'inconnue cilla comme Theo les rejoignait.

— Il y a un problème ? s'enquit-il.

Visiblement surprise, elle releva la tête et sa bouche s'ouvrit légèrement.

Théo lui laissa le temps de l'observer et en profita pour faire de même. Contrairement à ce qu'il avait cru, ses yeux n'étaient pas simplement bleus car des reflets violets s'y mêlaient.

— Vous n'avez pas trouvé votre ticket ?

Elle se contenta de secouer la tête sans le quitter du regard et Theo ne put s'empêcher de sourire. Il avait l'habitude de susciter ce genre de réaction chez les femmes, mais c'était la première fois qu'il en rendait une muette.

Comme si elle venait de s'apercevoir qu'elle le fixait toujours, elle lui tourna le dos et s'éloigna pour s'installer à une petite table.

Amusé, Theo ne put s'empêcher de la suivre.

— Ils ne vous laisseront jamais entrer, dit-il d'une voix douce. Votre arrivée risquerait d'interrompre le spectacle.

— Je sais, mais j'étais certaine que le ticket était dans mon sac, murmura-t-elle.

Pour une raison inconnue, son comportement le toucha et lui donna soudain envie de la consoler.

— Monsieur Savas, je peux vous faire entrer si vous voulez, les interrompit la même employée qui avait refusé l'entrée à la jeune femme. Suivez-moi et je…

À ces mots, l'inconnue écarquilla les yeux.

— Je ne souhaite pas déranger les autres spectateurs, répondit-il sans la quitter du regard. Mais je vous remercie de votre sollicitude.

— Ils ne laissent entrer personne, mais font une exception pour les riches ? demanda la jeune femme comme l'ouvreuse s'éloignait.

— C'est ça. Comme j'ai un second ticket, je peux vous l'offrir. Vous pourrez au moins voir la seconde partie du spectacle.

Baissant la tête, elle se mit à jouer avec la lanière de son sac.

— C'est très gentil à vous, mais je ne peux pas accepter.

— Pourquoi ?

Il souhaitait qu'elle accepte et il obtenait toujours ce qu'il voulait.

— Vous avez visiblement envie d'assister à cette représentation.

En guise de réponse, elle se contenta de rougir.

— Ce n'est pas un piège, ajouta-t-il pour la rassurer. Je souhaite simplement vous donner ce ticket.

— Vraiment ? demanda-t-elle en se mordillant la lèvre inférieure.

— Vraiment…, répondit-il avec un sourire. Ce n'est pas grand-chose.

— Vous… Vous êtes venu seul ? s'enquit-elle en rougissant davantage.

Theo faillit éclater de rire. Ainsi, elle hésitait parce qu'elle était convaincue qu'il avait un rendez-vous ?

— Oui, et vous ?

— Oui, dit-elle en hochant la tête.

— Dans ce cas, tout va bien.

— Sans doute.

— Que diriez-vous de prendre un verre en attendant la fin de la première partie ? demanda-t-il en indiquant le bar.

— J'aimerais vous l'offrir pour vous remercier, répondit-elle en plongeant ses yeux couleur lavande dans les siens.

L'espace d'un instant, Theo en resta sans voix. Les femmes qu'il avait l'habitude de fréquenter n'insistaient jamais pour payer. Elles savaient qu'il était riche et étaient plus que ravies de profiter de son argent, mais cette étrange demoiselle en détresse n'avait visiblement pas l'intention de faire de même.

— S'il vous plaît…, insista-t-elle. Je n'ai pas envie d'avoir une dette envers vous.

Theo l'observa avec attention. Craignait-elle qu'il exige une compensation en nature ? Elle n'avait pourtant rien à craindre. Il n'avait jamais eu besoin de forcer une femme à faire quoi que ce soit, et il ne s'était jamais comporté comme ces hommes convaincus que l'argent leur donnait tous les droits.

— Entendu, mais vous devriez peut-être vérifier que vous avez bien emporté votre portefeuille, la taquina-t-il.

— Très amusant, répliqua-t-elle avant de froncer les sourcils. Ah, c'est malin… Vous commencez à me faire douter de moi.

Elle fouilla dans son sac avant d'en extraire un petit porte-monnaie richement décoré.

— Je savais que je l'avais, dit-elle d'un air triomphant. Cela dit, j'étais également certaine que j'avais emporté mon ticket… Quelle idiote !

Pour une raison inconnue, elle éclata de rire et Theo ne put s'empêcher de l'imiter. C'était la première fois depuis des mois qu'il se sentait aussi détendu.

— Allez commander, dit-il. Il faut que je prévienne les employés.

— Que voulez-vous boire ?

— Je m'en remets à vous, répondit-il en haussant les épaules. Peut-être la même chose que vous.

— Vous êtes sûr de vouloir prendre ce risque ?

— Vous m'intriguez… Mais je prends le risque comme vous dites.

Souriant à son tour, elle se dirigea vers le bar et il ne put s'empêcher de l'observer. Il était bien plus qu'intrigué. Sa charmante compagne était un mélange complexe de timidité, de maladresse et d'assurance. Et si elle était plus grande que les femmes qu'il avait l'habitude de fréquenter, elle n'en était pas moins féminine et incroyablement sexy. Il n'avait d'ailleurs plus qu'une envie : oublier le ballet pour la ramener dans sa chambre et lui faire l'amour jusqu'à la faire hurler de plaisir.

Cette réaction ne lui ressemblait pourtant pas. Il s'était juré de ne pas devenir comme son père et avait bien l'intention de tenir sa promesse.

S'efforçant de chasser ces scandaleuses pensées, il s'adressa à une employée avant de retourner au bar.

— Tout est arrangé, dit-il en posant le ticket devant l'inconnue.

Prenant son verre, il avala une gorgée et manqua s'étrangler. Il s'attendait à une boisson sucrée ou à du champagne, ces breuvages s'accordant davantage à l'impression qu'il avait d'elle – une jeune femme romantique, sensible et maladroite. Cela dit, elle était également sarcastique et n'avait pas hésité à se moquer d'elle-même. Un cocktail plus corsé lui convenait sans doute davantage en fin de compte.

— Merci. C'est tellement gentil à vous.

Theo retint une grimace. *Gentil*, ce n'était pas ainsi qu'il voulait qu'elle le voie. Non, ce qu'il voulait vraiment était qu'elle tombe sous son charme et qu'elle le désire autant qu'il la désirait. Ce n'était pourtant pas une bonne idée…

Leah Turner but une gorgée d'alcool tout en s'efforçant de rester calme. Pour un peu, elle aurait pu se croire dans une comédie romantique. L'homme le plus sexy du monde était intervenu durant l'un des moments les plus humiliants de son existence pour lui offrir son aide et prendre un verre avec elle. C'était difficile à croire.

Il était d'ailleurs tellement séduisant, tellement viril et sensuel qu'elle sentait son cœur battre la chamade. Quant à ses yeux, ils étaient tellement fascinants et limpides qu'elle avait l'impression de pouvoir s'y noyer. C'était la première fois qu'elle voyait un vert aussi intense…

— On dirait que vous avez une certaine influence ici, commenta-t-elle pour qu'il ne se doute pas de son trouble.

— Pas du tout.

Leah haussa les sourcils car le manager et l'ouvreuse avaient semblé prêts à tout pour exaucer la moindre de ses désirs. Il n'y avait qu'une seule explication à leur comportement : il avait de l'argent.

Sa voix chaude et veloutée la tira de ses pensées.

— Vous êtes venue seule ?

Son accent à la fois exotique et incroyablement sexy lui arracha un frisson de plaisir.

— Non, répondit-elle en secouant la tête. Mon amie est à l'intérieur, sur scène.

— Elle est danseuse ?

— Oui. Elle m'a envoyé un ticket, mais je suis arrivée en retard parce que je devais aider Maeve.

— Maeve ?

— L'une des résidentes de la maison de repos où je travaille, expliqua-t-elle avec un sourire. Elle est adorable et nous parlons souvent de…

Elle s'interrompit, comprenant soudain qu'il n'avait pas besoin d'en savoir autant.

— De choses et d'autres, reprit-elle. Et vous, pourquoi étiez-vous en retard ?

— J'avais un coup de fil à passer.

— Votre petite amie ? dit-elle avec un sourire mutin. C'est pour ça que vous êtes seul ? Elle vous a posé un lapin ?

En guise de réponse, il se contenta de la fixer en silence.

— Ne me dites pas que… On ne vous a jamais posé un lapin ? s'exclama-t-elle, incrédule.

C'était à la fois difficile à croire et pourtant plausible. Il était tellement séduisant !

— Je n'ai pas de petite amie, dit-il avec un sourire amusé. C'est d'ailleurs bien là le problème à en croire mon grand-père.

— Vous étiez en train de discuter avec lui ? demanda-t-elle, étonnée. Il veut que vous vous rangiez ?

— Et que je protège la fortune familiale en ayant des enfants.

Leah plissa les yeux. Il devait être très riche à en juger par son costume sur mesure et la magnifique montre accrochée à son poignet.

— Et ce n'est pas ce que vous voulez, j'imagine.

— Pas pour le moment.

— Pas pour le moment…, répéta-t-elle lentement.

L'étincelle brûlant dans ses yeux semblait suggérer qu'il avait envie de profiter de la vie un peu plus longtemps avant de se ranger, ce qui n'avait rien d'étonnant. Les femmes devaient littéralement se jeter à son cou.

— Parce que vous êtes trop occupé, trop pris ou que vous avez trop de choix ?

— Rien de tout ça, répliqua-t-il sans paraître offusqué de sa curiosité.

— Je suis certaine que vous n'auriez eu aucun mal à

vous trouver une compagne pour la soirée. Vous avez choisi de venir seul. Est-ce parce que vous n'avez aucune envie de fonder une famille ? l'interrogea-t-elle en penchant la tête sur le côté.

De nouveau, il se contenta de la fixer en silence d'un air amusé.

— Pourquoi ai-je l'impression que votre pauvre grand-père risque d'attendre longtemps ? ajouta-t-elle.

L'expression de son visage s'assombrit.

— Il ne va pas bien et il s'inquiète pour moi, dit-il, une lueur de douleur passant brièvement dans son regard.

Sa réaction la toucha. Il n'avait pas raccroché alors que le spectacle commençait, prouvant ainsi qu'il tenait à son grand-père et le respectait profondément.

— Les relations familiales sont parfois compliquées, répliqua-t-elle. Je suis une éternelle déception pour la mienne.

Il plongea son regard dans le sien et l'observa avec attention.

— Je ne vois pas comment vous pourriez décevoir qui que ce soit, commenta-t-il d'une voix rauque.

Elle sentit son visage s'embraser comme sa gorge se serrait.

— Vous seriez surpris…

De nouveau, il étudia son visage comme s'il cherchait quelque chose.

— Votre famille souhaite vous voir mariée ?

Leah éclata de rire et secoua la tête.

— Vous êtes donc d'accord avec moi : se marier est une très mauvaise idée.

— Pas du tout, ce n'est pas aussi horrible que vous…

— Si, ça l'est, la coupa-t-il en levant son verre. Ces unions se terminent toujours par des larmes ou pire.

— C'est… C'est ce qui vous est arrivé ? s'enquit-elle, surprise de sa véhémence.

— Je ne suis pas marié, je ne l'ai jamais été. Et je ne me marierai jamais…

— À cause de vos parents ?

À ces mots, une lueur de souffrance passa dans son regard pour disparaître aussitôt.

— Je vois, murmura-t-elle. Votre grand-père risque d'être déçu.

— Vous pensez vraiment que je suis aussi prévisible ?

— Je crois simplement que nous souffrons tous à un moment ou un autre de notre vie et que les personnes auxquelles nous tenons ont le pouvoir de nous blesser plus profondément que n'importe qui d'autre.

— Je ne suis pas proche d'eux, dit-il avec un sourire forcé. Parlez-moi de votre amie ? Est-ce son premier spectacle ?

— Non, mais c'est la première fois que je peux venir la voir car je viens d'emménager à Londres. Et dire que j'ai raté ça…

— Vous n'avez raté que la première partie, et elle n'a pas besoin de le savoir.

— Je devrais lui mentir ?

— Ce n'est pas un mensonge, dit-il avec un sourire. C'est une simple petite omission.

— Ça reste un mensonge, car ce n'est pas la vérité, rétorqua-t-elle d'un ton un peu sec.

— Et vous pensez qu'il faut toujours dire la vérité ? l'interrogea-t-il avec un sourire moqueur.

— Vous n'êtes pas d'accord avec moi ?

— C'est une vision assez naïve de la vie, répondit-il. Dans certains cas, dire la vérité peut être plus douloureux que de garder le silence. Pourquoi prendre ce risque ?

— Vous êtes donc prêt à omettre certains détails ou même à mentir pour protéger quelqu'un ?

— Bien entendu, répondit-il sans la moindre hésitation.

Leah plissa les yeux. Il ne parlait pas de la représentation, c'était évident. De son grand-père, peut-être ?

— Vaut-il mieux lui dire au risque de la faire souffrir ou passer ce détail sous silence et lui épargner une déception inutile ?

— Comment pensez-vous qu'elle réagira en découvrant

que j'ai menti ? demanda-t-elle. Je suis certaine qu'elle se contentera d'éclater de rire si je lui explique ce qui s'est passé.

— Et ça ne vous dérange pas ?

— Ce n'est pas si grave, dit-elle en haussant les épaules. On pourra en rire ensemble. Partager sa douleur et sa gêne rend les choses moins difficiles, vous ne trouvez pas ?

— Pas toujours, non.

— Le problème est que, si je lui cache la vérité, je serai forcée de continuer à lui mentir si elle me demande ce que j'ai pensé de la première partie.

— Vous pourriez simplement éviter d'en parler.

— Votre solution est donc de prétendre qu'il ne s'est rien passé, conclut-elle, amusée. Vous risquez de le regretter un jour. La vérité reviendra vous hanter, ajouta-t-elle en le pointant du doigt.

— Ne me dites pas que vous croyez aux fantômes ?

— Je suis convaincue qu'on ne peut pas enfouir nos émotions ou prétendre qu'elles n'ont jamais existé. Elles sont comme des zombies qui sortiraient de leur tombe pour nous dévorer de l'intérieur.

— Vous écoutez toujours vos émotions ? demanda-t-il, visiblement intrigué. Vous préférez suivre votre cœur que votre tête ?

Elle soupira.

— Je suis humaine… Je me contente d'essayer de faire ce que je peux pour ne pas blesser les autres.

— Tout en vous montrant honnête ?

— Idéalement, oui.

— Idéalement, répéta-t-il avec un sourire amusé. Alors, dites-moi, comment espérez-vous que votre amie réagisse ?

— Je suis certaine qu'elle trouvera ça amusant. Ce n'est pas la première fois que je fais ce genre de bourde.

— Vous la connaissez depuis longtemps ?

— Nous avons grandi dans la même ville et suivions des cours de danse classique ensemble.

— Vous ne dansez plus ?

— J'étais plus passionnée que douée.

— La passion est pourtant essentielle, commenta-t-il, une étincelle s'allumant dans ses yeux émeraude. Le talent ne sert à rien sans la passion. Les techniques peuvent s'apprendre, mais pas elle.

— Peut-être, mais ma taille était un véritable problème. Je suis plus grande que la moyenne, et quand je fais des pointes, je dépasse la majorité des hommes d'une bonne tête.

— C'est pour ça que vous ne portez pas de talons ? Vous ne souhaitez pas embarrasser votre compagnon ?

Son compagnon ? Cette idée manqua la faire éclater de rire.

— Je n'en porte pas parce qu'ils ne sont pas confortables, dit-elle. Par ailleurs, je mets ce que je veux sans me soucier de l'avis des autres, et surtout pas d'un homme.

— Je n'en doute pas, mais puis-je vous faire remarquer que je suis plus grand que vous… Vous pourrez en porter quand vous sortirez avec moi.

— Je n'ai pas l'intention de sortir avec vous.

— Ne sommes-nous pas en train de prendre un verre ensemble ? la taquina-t-il.

— À cause d'un concours de circonstances, rien de plus.

— Refuseriez-vous si je vous invitais ?

— Avez-vous l'intention de m'inviter ?

— Il vaut sans doute mieux que j'évite de répondre, dit-il en buvant une gorgée d'alcool. La vérité risque de vous surprendre. Elle me surprend moi-même, poursuivit-il en laissant son regard s'attarder sur les lèvres de la jeune femme. Pourquoi aimez-vous autant le ballet ? À cause des costumes ou parce que ce sont souvent des histoires romantiques ?

— Il n'y a rien de romantique là-dedans, répondit-elle en s'efforçant d'ignorer la douce chaleur qui se répandait dans son ventre. C'est un monde cruel et impitoyable.

— Vous parlez des ampoules et des muscles froissés ?

— Pas uniquement de ça, dit-elle. Dans ce ballet, l'héroïne devient folle, a le cœur brisé et meurt parce que l'homme qu'elle aime lui a menti. Parce qu'il a omis de lui dire qu'il était promis à une autre, ajouta-t-elle en lui lançant un regard éloquent. Ça n'a rien de romantique.

— Je vous l'avais bien dit : le mariage ne cause que des problèmes, murmura-t-il en plongeant son regard dans le sien.

Leah ne put s'empêcher d'éclater de rire.

À cet instant, les portes s'ouvrirent soudain pour laisser passer les spectateurs et l'étrange intimité qu'ils partageaient vola en éclats.

— Dépêchez-vous d'aller vous installer. Il ne faudrait pas que vous arriviez en retard.

— C'est vrai, dit-elle, le cœur battant plus vite à l'idée de passer le reste de la soirée en sa compagnie.

Sa réaction était pourtant ridicule. Un homme aussi séduisant et sexy que lui ne pouvait pas s'intéresser à elle. C'était tout simplement impossible.

S'efforçant de se calmer, elle suivit l'ouvreuse jusqu'à son siège. Comme elle se retournait pour remercier son bienfaiteur, elle s'aperçut qu'il n'était pas là et comprit enfin. Il n'avait pas de ticket supplémentaire, il lui avait simplement donné le sien !

Malgré elle, elle ne put s'empêcher d'être déçue. Non seulement elle n'avait pas eu le temps de le remercier, mais elle n'avait pas non plus pu lui dire au revoir. Et son instinct lui soufflait qu'elle ne le reverrait jamais... Ce qui n'était peut-être finalement pas plus mal. Elle s'était convaincue qu'elle lui plaisait alors qu'il ne cherchait qu'à lui rendre service. Quelle humiliation !

Heureusement, la lumière s'éteignit quelques minutes plus tard et toutes ses préoccupations s'évanouirent quand Zoé entra en scène.

Après la représentation, elle rejoignit cette dernière qui éclata de rire en apprenant sa mésaventure. Elle insista néanmoins pour qu'elle l'accompagne à la soirée organisée pour l'occasion et Leah accepta à contrecœur.

Theo quitta le théâtre, bien décidé à oublier la jolie brune au corps de rêve. Il devait faire une apparition à la soirée d'inauguration organisée dans l'hôtel où il avait lui-même réservé une chambre. Pour autant, il n'avait pas l'intention de s'éterniser.

Malgré lui, ses pensées le ramenèrent à la jeune femme. Il l'avait observée à distance durant la représentation depuis un siège installé tout au fond de la salle que lui avait déniché le manager. Elle avait semblé fascinée par le spectacle et avait applaudi à tout rompre à la fin de la représentation, mais la lueur de tristesse brûlant dans ses yeux ne lui avait pas échappé.

L'espace d'un instant, il avait même été tenté de la rejoindre avant de changer d'avis. Il choisissait toujours ses partenaires avec soin. Il fallait bien sûr qu'il y ait une certaine attirance physique, mais elles devaient également se montrer discrètes et, surtout, ne pas s'attacher à lui. Il s'agissait de prendre du bon temps avant de se quitter en bons termes. Rien de plus, rien de moins. Et son instinct lui soufflait que la charmante brunette n'était pas le genre de femme à se contenter de cela.

Quand il pénétra dans la salle de réception, plusieurs invitées le remarquèrent aussitôt et l'une d'entre elles se dirigea vers lui d'un pas décidé, mais il l'ignora. Il lui tardait de saluer le directeur de la compagnie afin de pouvoir quitter la soirée et regagner sa chambre.

Comme il observait la foule, une silhouette attira son attention et il ne put s'empêcher de sourire. Sa demoiselle en détresse était là !

— Bonsoir, murmura-t-il en la prenant par le bras.

Surprise, elle se tourna vers lui et ses yeux s'écarquillèrent.

— Qu'est-ce que vous faites là ?

— Je pourrais vous poser la question, répliqua-t-il. Où est votre amie ?

En vérité, il s'en moquait complètement. Ce n'était qu'un prétexte pour lui parler. Ils s'étaient quittés depuis moins de deux heures, mais il avait l'impression que cela faisait une éternité qu'il n'avait plus contemplé son sourire.

Le hasard venait de lui accorder une seconde chance, et il avait bien l'intention de ne pas la gâcher. Il n'allait pas la laisser partir une seconde fois.

— Zoé est là-bas, répondit-elle en montrant une jeune femme discutant avec un groupe de danseurs. Elle est… occupée pour le moment, ajouta-t-elle d'un ton déçu.

— Elle vous a abandonnée…

— Vous aussi.

Surpris par la pointe de reproche perçant dans sa voix, Theo fronça les sourcils.

— Elle s'amuse, reprit la jeune femme, visiblement embarrassée par sa réaction. Elle le mérite.

— Et pas vous ?

— Je me suis bien amusée… parce que vous m'avez donné votre ticket. Pourquoi avez-vous fait une chose pareille ? demanda-t-elle en plongeant son regard dans le sien. Vous avez raté le spectacle…

Il aurait pu se contenter de garder le silence et de profiter de sa gratitude, mais il n'avait aucune envie de lui mentir. Pas après leur conversation, plus tôt dans la soirée.

— Ils m'ont trouvé un autre siège. J'ai donc pu profiter de la seconde partie, exactement comme vous.

Et s'il n'avait pas pu voir la scène aussi bien qu'il l'aurait souhaité, il avait pu l'observer elle à loisir sans qu'elle se doute de quelque chose.

— Tant mieux, murmura-t-elle, visiblement soulagée. C'était vraiment très gentil à vous de me céder votre place.

Theo se garda de la contredire. Il ne se sentait pas gentil, il était impatient, presque affamé…

— Tout le plaisir était pour moi. J'ai de nombreuses occasions d'assister à des ballets. Je me rends également souvent au théâtre, à l'opéra ou à des compétitions sportives. Ça fait partie du boulot, ajouta-t-il.

— À vous entendre, ça n'a pas l'air de vous plaire plus que ça.

— Bien sûr que si…

Du moins quand il n'avait pas d'autres soucis en tête !

Ces derniers mois avaient été particulièrement difficiles, et il n'avait qu'une envie : tout oublier l'espace d'un instant. Et la solution semblait toute trouvée. Elle se tenait à quelques centimètres de lui. Le moment était peut-être venu de céder à la tentation.

— Theo Savas, dit-il en lui tendant une main.

Leah hésita un instant. Son instinct lui soufflait que plus rien ne serait comme avant si elle s'autorisait à le toucher. La tentation fut néanmoins plus forte et elle prit sa main dans la sienne.

— Leah Turner, murmura-t-elle en plongeant son regard dans le sien.

Le reste du monde disparut aussitôt. Il n'y avait plus que la chaleur de sa paume contre la sienne et cette étrange étincelle brûlant dans son regard qui faisait naître des frissons de désir dans tout son corps.

— Je dois y aller, souffla-t-elle en s'efforçant d'ignorer les battements désordonnés de son cœur.

— Pourquoi ?

— Il faut que je me lève tôt demain pour aller travailler.

— Et alors ? Moi, j'ai un avion à prendre.

— C'est une compétition ? demanda-t-elle, amusée.

— À vous de me le dire.

— Je n'aime pas les compétitions…

— Je comprends. Personne n'aime perdre. Que pensez-vous d'une collaboration ? ajouta-t-il avec un sourire qui la fit fondre. Nous pourrions travailler ensemble pour atteindre un objectif commun.

— De quel objectif parlez-vous ? interrogea-t-elle, la gorge soudain sèche.

— De la meilleure nuit de notre vie.

— C'est un objectif plutôt ambitieux…

— Vous savez ce qu'on dit : il faut toujours viser la lune,

répliqua-t-il en l'étudiant avec attention. Je ne m'attendais pas à vous retrouver.

— Vous auriez préféré ne jamais me revoir ?

— Au contraire, je regrette de ne pas avoir cherché à vous retenir.

Son cœur se mit à battre la chamade. Elle brûlait de lui demander pourquoi il l'avait laissée partir, mais n'osa pas.

Un invité la bouscula soudain, lui faisant perdre l'équilibre, et il l'enlaça tout en l'attirant à lui.

— Et si nous allions dans un endroit plus calme ?

Leah avait du mal à y croire. Elle n'avait jamais fait ce genre de choses, n'en avait même jamais eu envie… jusqu'à présent.

— Vous ne savez rien de moi.

— Et ça ne risque pas de changer, répliqua-t-il sans la moindre hésitation. Je prends un vol pour la Grèce demain.

Était-ce sa façon de la prévenir que leur liaison ne durerait qu'une nuit ? À supposer qu'elle ait bien compris le sous-entendu car elle manquait cruellement d'expérience en la matière.

— Vous venez donc de Grèce ? demanda-t-elle pour gagner du temps afin de réfléchir à la situation. De quelle région ?

— D'Athènes. Je possède une résidence secondaire sur une île. Vous y êtes déjà allée ?

Leah secoua la tête.

— Ce pays ne vous attire pas ? ajouta-t-il, visiblement horrifié par cette idée.

Leah éclata de rire. Il semblait tellement sérieux.

— J'adorerais m'y rendre un jour.

— Et faire une croisière dans les îles, dit-il avec un sourire.

— Je suis certaine que ce serait magnifique, mais je préférerais me rendre à Delphes.

— Vous avez étudié la littérature classique ? L'Antiquité ?

— Non. C'est sans doute idiot, mais mon livre favori se passe à Delphes.

— Quel est ce livre ?

— Vous ne l'avez probablement pas lu…

— J'aime lire, vous savez. Dites-moi le titre.

— Ça ne servirait à rien. C'est un vieux livre de poche, répondit-elle, embarrassée.

Il secoua la tête.

— Vous n'aurez qu'à vous y rendre, alors… Vous verrez ainsi si la réalité correspond à sa description romancée.

— Je viens juste de m'installer à Londres. La Grèce devra attendre.

— Vous êtes nouvelle en ville et je ne fais que passer. Et, pourtant, le destin a voulu que nous nous rencontrions deux fois dans la même soirée.

— Et vous voulez que je…

— Vous savez ce que je veux, l'interrompit-il, une flamme incandescente s'allumant dans ses yeux. Je veux que vous veniez avec moi pour la raison que vous imaginez.

Leah réprima un frisson. Il avait changé. Au théâtre, il s'était montré charmant, mais n'avait pas cherché à la séduire. Il semblait à présent décidé à la faire craquer.

— Vous êtes plutôt direct, murmura-t-elle en se mordillant la lèvre inférieure.

— Et vous êtes plutôt timide. Vous ne devriez pas laisser la peur vous empêcher d'obtenir ce que vous voulez.

— Je ne suis pas très douée dans ce domaine, répliqua-t-elle, mal à l'aise.

Au lieu d'éclater de rire, il se contenta de lui caresser la joue en plongeant son regard dans le sien.

— Je ne suis pas là pour vous juger ou vous donner une note, Leah. Je souhaite simplement que nous prenions du bon temps ensemble. Et je suis très en dessous de la vérité. Ne vous ai-je pas parlé de la meilleure nuit de votre vie ? Et si ça peut vous rassurer, aucun de nous deux n'en souffrira, je vous le promets.

Indécise, elle scruta son visage. Il semblait sincère…

Comme s'il percevait son hésitation, il reprit :

— Voulez-vous que je vous donne un aperçu ?

Son cœur s'emballa et son instinct lui cria de s'écarter de lui, mais son corps, lui, prit une tout autre décision. Levant la tête, elle lui offrit sa bouche.

Lentement, comme pour ne pas l'effrayer, il pressa délicatement ses lèvres sur les siennes et glissa une main sur sa nuque. Son autre main se posa sur la taille fine et il l'attira à lui tout en approfondissant son baiser. Sa langue vint taquiner la sienne jusqu'à ce qu'un soupir de plaisir lui échappe.

Ses doutes s'envolèrent soudain et elle s'accrocha à lui, s'abandonnant totalement à sa caresse. Un incendie s'était déclaré en elle et elle en voulait davantage…

Elle se plaqua contre lui, le goûtant et le touchant comme il poursuivait sa lente torture jusqu'à la faire trembler de désir.

— Qu'en dites-vous ? s'enquit-il d'une voix rauque en la repoussant doucement.

Leah n'arrivait plus à réfléchir. Son corps était toujours pressé contre le sien, témoignant de la force de son désir… et de sa volonté de se contrôler. Il avait envie d'elle, c'était évident, mais il était prêt à la laisser partir si elle le lui demandait.

Sa sollicitude la bouleversa, ravivant la passion qui brûlait en elle. Pour la première fois de son existence, elle était prête à se donner à un homme. Théo n'était pas seulement incroyable sexy et séduisant. Sans pouvoir se l'expliquer, elle percevait en lui un étrange sentiment de solitude qui faisait écho en elle. Elle avait envie, besoin même, d'accepter son offre.

— Je vous suis.

2.

À ces mots, une myriade d'émotions se succédèrent dans ses yeux – la joie, le désir, mais également le soulagement –et il lui adressa un grand sourire.

— Il faut que je parle à Zoé avant de partir, ajouta-t-elle.

— Bien entendu, répliqua-t-il en l'escortant à travers la foule.

— Désolée, Zoé, dit-elle en rejoignant son amie. Je dois y aller et…

— Depuis quand connais-tu Theo Savas ? l'interrompit cette dernière dans un murmure trahissant néanmoins son excitation. Et depuis quand Theo Savas se donne-t-il ainsi en spectacle ?

— Tu veux dire que… tu nous as vus ? demanda Leah, gênée.

— Bien sûr que oui. Fonce, Leah, lança-t-elle en la prenant dans ses bras avec un grand sourire. Fais ce que je ferais et bien plus ! Pour une fois dans ta vie, amuse-toi !

Les jours rouges, elle rejoignit Theo qui lui prit aussitôt la main pour lui faire traverser l'hôtel et gagner sa suite.

C'était la première fois de son existence qu'elle se montrait aussi aventureuse et téméraire. Le moment était venu pour elle de prendre un risque, de se libérer de ses doutes et de ses peurs pour enfin goûter au plaisir.

— Vous faites ça souvent ?

Elle n'était sans doute pas la première à tomber sous son charme, mais elle s'en moquait. Savoir qu'un homme comme lui la désirait lui suffisait.

— Pas aussi souvent que vous semblez le croire.

— En ce qui me concerne, c'est une première.

— Vraiment ? dit-il, visiblement surpris.

Embarrassée, elle haussa les épaules. Elle ne lui devait aucune explication. Il n'avait pas besoin de savoir qu'aucun homme ne s'était véritablement intéressé à elle ni qu'elle se trouvait bien trop quelconque et banale pour plaire. Tout cela n'avait plus aucune importance puisqu'elle était avec lui.

C'était la première fois qu'un homme éveillait de telles sensations en elle. Elle ne rêvait rien tant qu'il la touche de nouveau, qu'il l'embrasse et ravive cette flamme qui brûlait en elle depuis qu'il avait pris ses lèvres.

— Je devrais sans doute vous offrir un verre ou quelque chose, dit-il en se passant une main dans les cheveux.

— Je n'ai pas soif, murmura-t-elle. Je me contenterai de « l'autre chose ».

Sa déclaration sembla le surprendre, mais il se reprit et lui sourit. Sans perdre une seconde, il combla la distance qui les séparait.

— J'en ai eu envie dès l'instant où je vous ai vue.

Leah secoua la tête, refusant de croire à ses paroles.

— Vous n'êtes pas obligé de me dire ce genre de choses.

— Vous n'avez pas l'habitude que l'on vous dise la vérité ? s'enquit-il, une étrange lueur passant dans ses yeux. Vous êtes pourtant magnifique, Leah. Vous n'imaginez pas le mal que j'ai eu à me contrôler.

Incapable d'accepter ses compliments, elle ferma les yeux, mais la chaleur du corps de Theo lui parvint.

— Si tu refuses de me croire, Leah, je n'ai plus qu'à te le prouver, murmura-t-il à son oreille.

Ses mots ainsi que sa façon de prononcer son prénom lui arrachèrent des frissons d'excitation.

Lentement, Theo traça le contour de ses lèvres de son index avant de les goûter. L'attirant à lui, il approfondit son baiser puis il la souleva dans ses bras pour la déposer sur le lit.

Leah ôta son cardigan et Theo lui déboutonna son

chemisier, s'immobilisant en découvrant le soutien-gorge en dentelle blanc.

Elle craignit un instant qu'il soit déçu, mais une nouvelle étincelle s'alluma dans ses yeux comme il dévoilait sa poitrine, l'explorant langoureusement. Rassurée, elle oublia tous ses doutes et s'abandonna à sa caresse.

Sans cesser de l'embrasser, Theo lui ôta son pantalon et ses chaussures.

— Un tanga en soie rouge, murmura-t-il avec un sourire. Je ne m'y attendais pas.

— Et à quoi t'attendais-tu ? À une culotte de grand-mère et à une ceinture de chasteté ? l'interrogea-t-elle en haussant les sourcils.

Ne paraissant nullement offensé par sa question, Theo éclata de rire et se pencha pour lui embrasser la cuisse, frôlant le tissu de ses lèvres.

Leah gémit aussitôt. C'était tellement… érotique !

— Ça confirme simplement l'une de mes théories.

— Laquelle ? demanda-t-elle, le souffle court.

— Tu es bien plus sensuelle que tu en as l'air. Je dirais même que tu caches une nature extrêmement passionnée.

— Tu te fais des idées. Je l'ai prise dans mon tiroir sans regarder.

— Aurais-tu un tiroir entier de sous-vêtements en soie rouge ?

Leah allait répondre, mais son souffle se bloqua dans sa poitrine. La bouche de Theo se rapprochait dangereusement de l'élastique de sa culotte. Mais qu'avait-il l'intention de faire ensuite ?

Une nouvelle onde de désir et d'excitation la parcourut quand il se redressa pour l'observer.

— Tu ne fais jamais ce genre de chose, n'est-ce pas, Leah ?

— Non.

Theo acquiesça comme s'il se doutait déjà de sa réponse. Mais comment était-ce possible ?

Gênée, elle réussit néanmoins à croiser son regard.

— Ça te pose un problème ?

— Pas du tout, mais tu es certaine que tu veux que je sois ta première fois ? dit-il en s'allongeant à son côté.

La gorge de Leah se serra. Pouvait-elle se résoudre à lui avouer son secret ? Il risquait de changer d'avis, une perspective insupportable. Elle en voulait tellement plus…

Craignant que sa voix ne la trahisse, elle hocha la tête et Theo l'embrassa tandis que, du pouce, il taquinait la pointe de son mamelon durci par le désir. Elle se tendit et il approfondit son baiser, étouffant son cri de surprise quand ses doigts se glissèrent au cœur de sa féminité.

Le ballet sensuel de sa langue combiné à ses caresses expertes entre ses cuisses acheva de lui faire perdre la tête. Il n'y avait plus que lui et les incroyables sensations qu'il faisait naître en elle. Son corps était en feu et son sang semblait s'être transformé en lave incandescente.

Oubliant toute pudeur, elle s'accrocha à lui, se plaquant plus étroitement contre lui pour l'inviter à poursuivre son exquise torture.

— C'est ça, murmura-t-il comme elle se cambrait en gémissant.

Il accéléra sa caresse et elle eut soudain l'impression de s'envoler. Un bouquet de feux d'artifice éclata et elle hurla comme un puissant orgasme l'emportait, la laissant pantelante.

Theo laissa Leah reprendre son souffle tout en jouant avec l'élastique de sa culotte. C'était la première fois qu'une femme réagissait de façon aussi honnête et passionnée à ses caresses et il n'avait plus qu'une envie : la déshabiller pour se perdre en elle.

Il ne pouvait pourtant s'y résoudre. Pour une raison inconnue, son commentaire quant à la couleur de ses sous-vêtements le perturbait. Le blanc était associé à l'innocence, et si on y ajoutait la ceinture de chasteté il n'y avait qu'une explication possible…

Déterminé à en avoir le cœur net, il scruta son visage et nota la lueur de désir brûlant dans ses yeux ainsi qu'une certaine timidité mêlée de… nervosité ?

Sans la quitter du regard, il se leva et se déshabilla, ôtant rapidement sa cravate et sa chemise. Leah le regarda faire avec attention, mais ne put s'empêcher d'écarquiller les yeux quand il se débarrassa de son pantalon et de son caleçon. Sa respiration s'accéléra également quand il s'approcha du lit.

— Ce n'est pas uniquement ta première liaison d'un soir, n'est-ce pas ? demanda-t-il d'un ton sec.

En guise de réponse, elle contenta de se mordiller les lèvres.

— Tu es vierge, Leah ? C'est ta première fois ?

Visiblement embarrassée, elle rougit.

— Pourquoi ne m'as-tu rien dit ?

— Comment l'as-tu deviné ? l'interrogea-t-elle, ignorant sa question.

— À cause de ta remarque sur la couleur de ta culotte et la ceinture de chasteté, répliqua-t-il en caressant la soie rouge, la seule barrière les séparant encore.

Elle rougit de plus belle et il observa, fasciné, sa peau d'albâtre prendre une teinte écarlate.

— Tu veux que je parte ? demanda-t-elle dans un souffle.

— Non !

Il la désirait tant qu'il avait du mal à réfléchir, mais il devait impérativement se contrôler.

— Pourquoi ne m'as-tu rien dit ? répéta-t-il, plus calme.

— Je ne voulais pas que tu me repousses, murmura-t-elle d'une voix triste qui lui brisa le cœur.

— Je n'ai pas l'intention de te repousser. On peut continuer si tu veux…

Elle croisa son regard et il n'y lut aucune peur. Elle avait confiance en lui.

Bien décidé à ne pas la décevoir, il ajouta :

— On n'a qu'à s'amuser un peu. On n'est pas obligé de…

— D'aller jusqu'au bout, l'interrompit d'elle, visiblement déçue.

— De décider tout de suite, corrigea-t-il en se penchant pour l'embrasser.

C'était plus fort que lui. Il ne supportait pas de la voir ainsi.

Leah répondit à son baiser et il s'allongea sur elle, incapable de lui résister. Il y avait bien d'autres façons de lui donner du plaisir et d'apaiser le feu qui brûlait dans ses reins.

Lentement, il lui ôta sa culotte et l'embrassa avant de la goûter pour lui donner un second orgasme.

Et quand elle se redressa pour le forcer à s'allonger sur le dos, il savoura la chaleur de son corps contre le sien et la douceur de ses courbes parfaites. D'un geste timide, elle lui caressa le torse. Elle semblait curieuse et il était plus que prêt à la laisser explorer chaque parcelle de son corps même s'il en devenait fou.

Plongeant son regard dans le sien, elle traça le dessin de ses muscles et descendit vers son ventre, le mettant à la torture. Il n'avait qu'une envie : qu'elle touche enfin son membre en érection pour le libérer du désir qu'elle lui inspirait.

— Veux-tu que je t'embrasse ? demanda-t-elle doucement.

Incapable de répondre ou même de réfléchir, il acquiesça.

— Tu as perdu ta langue ? Veux-tu que je t'aide à la retrouver ? le taquina-t-elle, manquant lui faire perdre la tête.

— Tu n'es pas obligée de…

— T'es-tu senti obligé de me donner autant de plaisir ? s'enquit-elle dans un souffle.

— Non…, soupira-t-il. J'en avais envie.

— Je ne peux pas en avoir envie, moi ?

— Fais ce que tu veux, dit-il en fermant les yeux dans l'espoir de se contrôler encore un peu.

Sa main se referma sur son membre, le faisant tressaillir.

— Je peux ?

— Fais ce que tu veux, mais ne t'arrête surtout pas, répéta-t-il d'une voix rauque.

Lentement, elle le caressa avant de le prendre dans sa bouche.

— Arrête ! la supplia-t-il.

Elle s'immobilisa, soudain inquiète.

— Je suis désolée, je…

— Tout va bien, dit-il en passant une main dans ses cheveux. C'est simplement que je… je vais jouir.

— Et tu n'en as pas envie ?

Le corps à l'agonie, il éclata d'un rire bref.

— Je voulais simplement te prévenir pour que…

— Je n'ai pas envie d'arrêter, le coupa-t-elle.

Incapable de lui refuser quoi que ce soit, il hocha la tête comme elle reprenait sa délicieuse torture et le faisait jouir à son tour.

Le cœur battant follement, il resta un instant allongé les yeux fermés. Et quand il les rouvrit enfin, Leah l'observait, un sourire aux lèvres et une étincelle de fierté dans le regard.

L'espace d'un instant, elle sembla si belle, si incroyablement sexy, qu'il ne put que la contempler en silence.

— Est-ce que ça va ? demanda-t-il enfin d'une voix rauque avant de se reprocher aussitôt sa question.

Il était le seul à avoir du mal à reprendre son souffle et à se calmer. Leah, elle, avait l'air plus que prête à poursuivre leurs ébats.

De toute évidence, elle le désirait autant qu'il la désirait, mais il y avait davantage. Elle aimait lui donner du plaisir, ce qui était incroyablement attirant et érotique. C'était la première fois qu'il rencontrait une femme aussi honnête, sincère et généreuse au lit.

— Je n'ai pas envie d'arrêter là, murmura-t-elle. Je veux continuer.

Son aveu vint à bout du peu de contrôle qui lui restait. Qui était-il pour refuser d'accéder à sa demande ? Leah connaissait parfaitement la situation. Elle savait qu'il quittait le pays dès le lendemain et que leur liaison ne durerait qu'une nuit, mais elle avait décidé de se donner à lui. La moindre des choses était de s'assurer que cet instant resterait à jamais gravé dans sa mémoire. Mais, avant, il devait être sûr qu'elle n'aurait aucun regret.

— Je n'ai jamais couché avec une vierge, Leah, dit-il d'une voix étranglée.

— Même pas quand tu étais toi-même vierge ?

— Non. Ma partenaire avait déjà de l'expérience. On peut en parler si tu veux, mais…

— Elle t'a donné du plaisir ? l'interrompit-elle.

— Oui, répondit-il avec un sourire.

— Dans ce cas, pourquoi ne pas voir ça comme une façon de rendre la pareille ? s'enquit-elle timidement comme si elle s'attendait à ce qu'il la repousse.

— Tu peux toujours changer d'avis si…

— Theo…

— Je ne veux pas te faire souffrir, Leah.

Pour une raison inconnue et bien qu'il ne la connaisse que depuis quelques heures, la perspective de lui faire du mal lui était insupportable. Il s'inquiétait sincèrement pour elle.

— Tu n'auras qu'à m'embrasser pour me faire oublier la douleur, dit-elle d'une voix douce.

Theo la contempla un instant avant de prendre sa décision. Il ne pouvait plus reculer. Il se leva et enfila un préservatif avant de la rejoindre.

S'efforçant de ne pas se précipiter, il déposa une pluie de baisers brûlants dans son cou, lui arrachant des soupirs de plaisir et s'allongea sur elle.

— Je t'en prie, viens, murmura-t-elle.

Son corps se tendit soudain et il entra en elle, lui arrachant un cri de surprise.

— Je suis désolé, chuchota-t-il en lui donnant un baiser. Est-ce que ça va ?

Incapable de parler, Leah laissa son corps s'ajuster à cette intrusion. Pourtant, même s'il était imposant, la douleur avait laissé place à une étrange anticipation comme si tout son être retenait son souffle dans l'attente du plaisir qu'il allait lui donner.

Theo reprit sa bouche et se mit à bouger en elle – lentement d'abord, avant d'accélérer le rythme comme une étrange chaleur se répandait dans son ventre. Sans même y penser, elle l'attira plus profondément en elle et lança les hanches à sa rencontre.

— Ne t'arrête pas, Theo. Je t'en prie.

Mais il s'immobilisa soudain comme elle se pressait contre lui.

— Theo ?

— Je m'efforce de ne pas être trop brutal, dit-il, la gorge nouée.

Leah retint un sourire. Il était tellement prévenant ! Elle avait pourtant besoin qu'il s'abandonne complètement…

— Ne t'inquiète pas pour moi. Je ne me suis jamais sentie aussi bien.

À cet instant, Theo manqua devenir fou. Il accéléra le rythme de ses va-et-vient, chaque coup de boutoir plus puissant que le précédent, et elle ne put que s'accrocher à ses épaules, ses ongles lui griffant le dos pour mieux le retenir.

Il n'y avait plus ni gêne ni doute en elle et Theo semblait lui aussi s'être enfin libéré de toute hésitation. Il l'entraînait toujours plus loin et toujours plus haut jusqu'à ce que la jouissance les emporte tous les deux dans un même cri.

Leah plissa les yeux. Ses vêtements avaient été éparpillés un peu partout dans la pièce et elle avait pratiquement tout récupéré, mais il lui manquait encore ses chaussures.

Les yeux rivés au sol, elle fit un pas en avant et, dans le noir, trébucha sur l'un de ses escarpins. Retenant un cri de douleur, elle s'efforça de repérer le second.

— Qu'est-ce que tu fais ? demanda Theo d'une voix amusée qui la fit sursauter.

— Désolée…

Il alluma et elle se sentit rougir.

— Je ne voulais pas te réveiller.

— Parce que tu n'avais pas envie de me parler ? s'enquit-il en haussant les sourcils.

— Je voulais juste…

— Détends-toi, dit-il avec un sourire. Tu n'as pas à être aussi gênée.

— Vraiment ?

Il avait sans doute raison, mais il fallait impérativement qu'elle parte, sans quoi elle risquait de succomber à la tentation de se jeter sur lui.

— Donne-moi ton numéro, demanda-t-il en prenant son portable.

Le souffle de Leah se bloqua dans sa gorge.

— Je ne crois pas que ce soit une bonne idée, dit-elle d'une voix étranglée.

Cette nuit magique était terminée. La réalité devait reprendre ses droits.

— Je n'en vois pas l'intérêt. Nous ne vivons pas dans le même pays…

Malgré elle, elle rêvait qu'il cherche à la retenir ou lui avoue qu'il voulait la revoir, mais c'était peu probable. Et quand bien même l'aurait-il fait, les relations sérieuses ne l'intéressaient pas. Il ne voulait pas s'engager et elle n'avait pas envie de devenir l'une de ses maîtresses de passage, une femme avec qui il coucherait lors de ses séjours à Londres.

— Tu n'en vois pas l'intérêt ? répéta-t-il doucement.

Sans lui laisser le temps de réagir, il se leva et enfila son caleçon. Leah se tourna aussitôt. Elle ne devait pas le regarder ni même lui parler. Il lui avait donné du plaisir, bien plus qu'elle aurait pu imaginer, mais elle devait partir sur-le-champ !

— Laisse-moi au moins m'assurer que tu rentreras chez toi sans encombre.

— Tout ira très bien, dit-elle en osant enfin croiser son regard. Tu n'as pas besoin de…

— Je vais t'appeler un taxi, la coupa-t-il en l'étudiant avec attention. Je n'ai pas l'intention de te raccompagner. Je dois me rendre à l'aéroport, tu te rappelles ?

— Oh ! bien sûr ! Merci, ajouta-t-elle en s'efforçant d'ignorer les battements désordonnés de son cœur comme il se dirigeait vers elle.

Il était tellement séduisant ! Son corps musclé à la peau hâlée était incroyablement sexy et elle avait eu la chance de le toucher, de l'explorer et de le caresser.

Malgré elle, une flamme de désir s'alluma en elle, menaçant de l'engloutir. Qu'était-elle censée faire à présent ? Elle ne pouvait pas lui donner un baiser d'adieu. Ce serait bien trop difficile de le quitter ensuite…

En désespoir de cause, elle lui tendit la main, l'empêchant de s'approcher davantage. Theo sembla hésiter un instant avant de la prendre dans la sienne.

— Aucun remords, Leah ? s'enquit-il sans la relâcher.

— Aucun, répondit-elle dans un souffle. De toute façon, il est trop tard pour revenir en arrière.

— En effet. Au revoir, merveilleuse Leah, ajouta-t-il en observant un instant leurs mains entrelacées avant de la libérer enfin. Merci pour cette incroyable nuit.

— C'est moi qui te remercie, dit-elle, les joues rouges, avant de tourner les talons. Au revoir.

Dans l'ascenseur, elle s'efforça d'ignorer l'étrange sentiment de tristesse qui l'avait gagnée en quittant la suite de Theo. Grâce à lui, elle avait passé la plus belle nuit de son existence, exactement comme il l'avait promis.

Songeant aux instants qu'ils avaient partagés, elle se sentit soudain plus forte. Elle n'était pas coiffée et le portier allait sans aucun doute deviner qu'elle avait découché, mais elle s'en moquait. L'homme le plus séduisant et sexy qu'elle ait jamais rencontré lui avait fait l'amour avec passion. Que demander de plus ?

3.

— Que penses-tu de ce motif, Leah ?

Un sourire aux lèvres, Leah s'arrêta devant la chambre d'une de ses résidentes préférées.

Si elle adorait son travail en tant que réceptionniste d'une maison de repos située dans le nord de Londres, c'était avant tout à cause des résidents. Elle adorait discuter avec eux et avec leurs familles, et bien qu'elle n'ait été engagée que depuis cinq mois, elle avait l'impression d'avoir trouvé sa place.

Leah rejoignit Maeve et étudia la page de magazine que tenait la vieille dame. Elles s'étaient découvert une passion commune pour le tricot, une activité relaxante qui les changeait de la lecture.

— J'avais envie d'en faire un pour toi, annonça Maeve, mais je n'étais pas certaine de la couleur. Tu connais déjà le sexe du bébé ? Je devrais choisir du rose ou du bleu ?

Leah ne put s'empêcher d'éclater de rire.

— Je ne suis pas enceinte, Maeve.

— Tu as pourtant l'âge de l'être… J'avais environ ton âge quand j'ai eu mon premier.

— Je suis désolée, Maeve, mais…

— Je n'en crois pas un mot, l'interrompit la vieille dame. Je sais que c'est devenu la norme d'attendre quelques mois avant d'annoncer la bonne nouvelle, mais tu ne peux rien me cacher. Tu es radieuse, et ton teint est magnifique, ajouta-t-elle avec un sourire.

— Je prends soin de moi, expliqua-t-elle, ce qui était vrai.

Elle faisait attention à ce qu'elle mangeait et s'était même mise au sport.

— Tu ne bois plus de café, dit Maeve.

Leah secoua la tête en s'efforçant d'ignorer la vague de panique qui montait en elle. Il est vrai qu'elle ne supportait plus certaines odeurs ou certains aliments, mais c'était probablement parce qu'elle faisait attention à son régime. Elle ne pouvait pas être enceinte, c'était impossible.

— Leah ?

— Ce motif est ravissant, dit-elle avec un sourire forcé. Je dois…

Elle s'interrompit, incapable de continuer. Adressant un dernier sourire à Maeve, elle quitta précipitamment la chambre.

Le souffle coupé, elle s'arrêta dans un couloir et tenta de se calmer, en vain. Fermant les yeux, elle repensa aux instants qu'elle avait partagés avec Theo. Il avait été son seul et unique amant. Il lui avait offert une nuit aussi magique qu'inoubliable, mais il était impossible qu'elle soit enceinte. Il avait mis un préservatif et elle avait eu ses règles depuis…

Frénétiquement, elle essaya de se rappeler la date de son dernier cycle, sans succès. Il avait toujours été irrégulier et elle avait été tellement préoccupée par son travail qu'elle ne s'était pas inquiétée de son retard, mais à présent…

Horrifiée, elle porta une main à sa bouche. Maeve avait raison ! L'odeur du café la rendait malade et sa peau n'avait jamais été aussi belle. Et elle était également bien plus fatiguée que d'habitude, ce qu'elle avait attribué à son installation à Londres et aux transports en commun. Et si elle s'était trompée ?

Incapable de se concentrer, elle quitta son travail dès la fin de son service et se rua dans une pharmacie pour acheter un test de grossesse, puis elle s'enferma dans sa salle de bains, les mains tremblantes.

C'était sûrement une erreur. Il ne pouvait pas en être autrement. D'ici à quelques minutes, elle rirait sans doute de son erreur. Maeve se trompait, c'était évident.

Hélas, deux petites lignes bleues apparurent, réduisant ses espoirs à néant.

Elle les contempla en silence, incapable d'admettre la vérité. Qu'était-elle censée faire à présent ? Elle avait passé des mois à tenter d'oublier Theo et elle allait devoir le contacter pour lui avouer la vérité ? Quelle horreur !

S'efforçant de rester calme, elle acheta un second test, et le résultat, identique, la fit éclater en sanglots. Sans perdre une seconde, elle appela un médecin et obtint un rendez-vous le jour même.

De retour chez elle, elle s'assit dans son canapé en s'efforçant de réfléchir à la situation. Elle devait impérativement prévenir Theo.

Malgré ses bonnes résolutions, elle l'avait cherché sur Internet quelques semaines plus tôt et avait découvert qu'il était considéré comme l'un des célibataires les plus convoités de Grèce. Héritier d'un véritable empire financier, il était à présent le président d'une entreprise très réputée, et elle devait trouver un moyen de lui annoncer qu'elle était enceinte même si elle n'avait aucune envie de le faire. Le problème était qu'elle n'avait pas son numéro.

Pour la première fois depuis cette fameuse nuit, elle regretta d'être partie sans lui demander son numéro alors qu'elle rêvait pourtant de le faire. Si elle n'avait pu s'y résoudre, c'était tout simplement parce que le risque de le rappeler aurait été trop grand. Theo Savas n'était pas le genre d'homme à apprécier qu'une de ses conquêtes le supplie de passer une autre nuit avec elle.

Le cœur serré, elle chercha son numéro, mais ne trouva que celui du siège de sa compagnie à Athènes. Inspirant profondément, elle le composa immédiatement.

— Bonjour. Parlez-vous anglais ? demanda-t-elle à la réceptionniste.

— Bien entendu. Comment puis-je vous aider ?

— Je souhaite parler à Theo Savas, répondit-elle en s'efforçant de prendre une voix posée.

— De la part de qui ?

— Leah… Il faut impérativement que je lui parle.

Il y eut un silence avant que la jeune femme ne poursuive :

— M. Savas est très occupé. Puis-je savoir de quoi il s'agit ?

— Je…

Leah s'interrompit un instant avant de continuer.

— C'est personnel.

Un autre silence – plus long celui-là…

— Si c'est personnel, je suis certaine que M. Savas vous a donné son numéro privé, déclara la réceptionniste d'un ton froid.

Mortifiée, Leah raccrocha. Theo allait sûrement se mettre en colère en découvrant la vérité. Il n'avait aucune envie de se poser, contrairement à ce que souhaitait son grand-père. Et il était peu probable que ce dernier soit prêt à accepter un enfant illégitime dont la mère était une conquête d'un soir de son petit-fils. Elle n'avait rien à lui offrir en tant qu'épouse ou en tant que femme.

Pour autant, si elle n'avait ni argent ni influence, elle était prête à tout pour que son bébé soit heureux… À commencer par prévenir son père. Theo avait le droit de connaître la vérité et de décider si oui ou non il souhaitait faire partie de la vie de son enfant.

Consultant la liste de ses bureaux, elle nota l'adresse de celui de Londres.

Le lendemain matin, elle s'arrêta un instant avant de traverser la rue pour entrer dans le hall où le décor lui coupa aussitôt le souffle. Quant à la réceptionniste installée derrière son grand bureau, elle lui rappela aussitôt la femme froide qu'elle avait eue en ligne en appelant le bureau d'Athènes.

Les jambes tremblantes, elle s'approcha du comptoir.

— Je souhaite parler à Theo Savas, dit-elle.

La jeune femme leva les yeux et la scruta avec attention, la faisant frémir intérieurement.

— Vous êtes attendue ?

— Non, mais je…

— M. Savas n'a pas l'intention de se rendre à nos bureaux pour l'instant, la coupa-t-elle d'un ton sec.

— Je pourrais peut-être le contacter par téléphone dans ce cas…

— Je ne suis pas autorisée à vous donner son numéro personnel.

— Je comprends. Puis-je vous laisser le mien ? s'enquit-elle en s'efforçant de cacher son embarras.

— Votre nom ? demanda la réceptionniste en pianotant sur son clavier.

— Leah Turner.

— Votre numéro ?

Après l'avoir donné, elle ne put s'empêcher d'ajouter :

— Pourriez-vous vous assurer qu'il aura mon message ?

— Bien entendu, rétorqua l'employée d'un air ennuyé. Y a-t-il autre chose ?

— Non, je vous remercie.

Les jours qui suivirent furent une véritable torture. Des heures durant, elle contempla son portable, attendant qu'il la contacte. En vain.

4.

— Tu as un instant, Theo ?

Theo leva les yeux comme Philip, son chef de la sécurité, entrait dans son bureau, un dossier rouge à la main.

— Bien sûr, répondit-il en se renfonçant dans son siège. Que se passe-t-il ?

Philip prit soin de fermer la porte avant de répondre à sa question.

— Une femme s'est présentée à notre bureau de Londres la semaine dernière, annonça-t-il d'un air sérieux. Une autre a également téléphoné au siège d'Athènes, la veille.

Une femme ?

— Tu penses qu'elle représente une menace ?

— Ce cliché a été pris par l'une de nos caméras de sécurité, expliqua-t-il préoccupé. Il s'agit de la femme sur laquelle tu nous as demandé d'enquêter il y a quelques mois, Leah Turner.

Theo se raidit aussitôt. Il s'agissait de Leah ? Sa Leah ?

S'efforçant d'ignorer les battements fous de son cœur, il étudia la photo avec soin. C'était bien elle. Il aurait reconnu l'expression de son visage entre mille… Même si elle semblait étrangement tendue.

— Que voulait-elle ? s'enquit-il d'une voix rauque qui le surprit.

— Te parler d'une affaire privée.

Malgré lui, un étrange sentiment de satisfaction le gagna, aussitôt remplacé par une froide colère.

— Pourquoi n'ai-je pas été prévenu ? Oublie ça, ajouta-t-il avec un soupir.

La réponse était évidente. Ses employés ne l'auraient jamais dérangé et n'auraient jamais donné son numéro personnel à une inconnue se présentant à son bureau.

— Elle a laissé son numéro ?

— Malheureusement, il semblerait qu'il ait été égaré, dit Philip. J'ai parlé à la réceptionniste et…

— Quand est-elle passée ? le coupa Theo.

— Je n'ai été mis au courant que ce matin, réponditPhilip d'un air contrit. Je suis désolé pour le retard.

Les yeux rivés sur le cliché, Theo ne l'écoutait plus. Son sang bourdonnait à ses oreilles. Il voulait la revoir, en avait besoin même, car, en vérité, Leah lui avait manqué.

— Veux-tu que je…

— Je m'en occupe, l'interrompit-il. Ferme la porte en sortant.

Il avait besoin d'être seul pour gérer ses émotions et l'incendie qui s'était déclaré en lui.

— Merci, Philip, ajouta-t-il comme son chef de la sécurité était sur le point de sortir.

Puis son regard se posa sur le dossier et il serra les poings. Il l'avait demandé quelques jours après la nuit qu'ils avaient partagée.

Pour une raison inconnue, il n'avait pas réussi à l'oublier. Il lui suffisait de fermer les yeux pour se représenter sa chevelure ébène, sa peau diaphane et ses longues jambes fuselées. Mais c'étaient surtout la lueur espiègle dansant dans son regard et ses éclats de rire qui la rendaient aussi irrésistible.

Et s'il n'avait pas cherché à la revoir, c'était parce que la santé de Dimitri avait brusquement décliné, le forçant à annuler plusieurs voyages. Il avait passé les trois derniers mois à veiller sur lui tout en travaillant d'arrache-pied pour remplir ses obligations professionnelles. Heureusement, Dimitri était à présent hors de danger et il avait même recommencé à parler mariage. Theo était pourtant plus déterminé que jamais à ignorer ses propositions.

Malgré lui, son regard fut attiré par la photo de Leah. Pourquoi souhaitait-elle tant le revoir ? Et surtout, pourquoi semblait-elle aussi inquiète ? Il devait le découvrir…

Incapable de se retenir plus longtemps, il se leva d'un bond. Il avait besoin d'aller la voir, et maintenant !

5.

Leah sursauta comme quelqu'un tambourinait à sa porte. Le cœur battant très fort, elle traversa le salon à la hâte. Il était déjà tard et elle n'attendait personne…

— Qui est là ? demanda-t-elle sans ouvrir pour autant.

— Ouvre, Leah.

Cette voix, c'était lui !

Les jambes tremblantes, elle s'appuya contre le mur pour ne pas tomber. C'était impossible, il ne pouvait pas être là, et pourtant…

— Leah ? C'est moi, Theo. Ouvre, ordonna-t-il d'un ton ferme.

Sans plus réfléchir, elle s'exécuta et manqua défaillir en le découvrant. Il portait un jean foncé et un T-shirt blanc soulignant son torse musclé. Il était tellement séduisant et sexy qu'une boule de feu vint se nicher au creux de son ventre.

— Theo ! murmura-t-elle tout en scrutant son visage.

Malgré sa tenue décontractée, il était aussi intimidant que lorsqu'il portait un costume hors de prix. Il semblait également plus… sensuel et dangereux, comme si ces derniers mois avaient exacerbé le désir qu'il lui inspirait.

— Qu'est-ce que tu fais ici ?

Au lieu de répondre, Theo se contenta de l'observer avec attention, ses yeux remontant lentement sur son corps, la faisant frissonner.

C'était à n'y rien comprendre, vraiment. Ils ne s'étaient pas vus depuis plusieurs semaines, mais il lui suffisait de se présenter à sa porte pour la rendre folle de désir. Elle se sentait plus vivante que jamais, comme s'il avait le pouvoir de la ramener à la vie simplement en la regardant.

— J'ai appris que tu avais essayé de me joindre, dit-il avec un sourire crispé.

Leah tressaillit. Elle devait lui dire la vérité…

Inspirant profondément, elle ouvrit la bouche, mais aucun son n'en sortit.

Loin de se laisser démonter, Theo la contourna, referma la porte et traversa le minuscule appartement.

— Pardon ? demanda-t-elle en le rejoignant au salon.

— Tu as appelé mon bureau de Londres, expliqua-t-il.

— Tu as donc eu mon message…

— Malheureusement, il semble qu'il ait été égaré, sinon je serais venu plus tôt.

Leah fronça les sourcils.

— Si tu n'as pas eu mon message, comment…

— Grâce aux caméras de sécurité ainsi qu'à mon service de sécurité, la coupa-t-il.

— Ils m'ont trouvée suspecte ?

Elle aurait pu éclater de rire si elle n'avait été aussi effrayée.

— Comment as-tu obtenu mon adresse ?

— Mon équipe est très douée.

Pour le protéger des femmes qui se jetaient sur lui ? Cela lui arrivait-il si souvent ?

— Ça n'a aucune importance, poursuivit-il en plongeant son regard dans le sien. Pourquoi voulais-tu me voir, Leah ?

Son souffle se bloqua dans sa poitrine. Le moment était venu. Elle ne pouvait plus reculer.

— Je suis enceinte.

Le cœur battant la chamade, elle attendit que Theo réagisse. En vain. Elle n'avait peut-être pas parlé assez fort ?

— Je suis enceinte, répéta-t-elle, la gorge sèche.

— Félicitations, rétorqua-t-il d'une voix dénuée d'émotion.

Pensant qu'il l'avait peut-être mal comprise, elle ajouta :

— Il est de toi.

— Non, dit-il d'une voix forte. C'est impossible. Nous avons couché ensemble il y a plusieurs mois.

— Je suis enceinte de quatre mois.

Theo pinça les lèvres tout en l'observant avec attention.

— Tu n'as pas l'air d'en être à quatre mois. Tu devrais avoir pris davantage de poids.

— Comment peux-tu le savoir ? Serais-tu expert en la matière ? Je suis très grande, et le médecin m'a expliqué que le bébé, qui allait bien, se verrait moins au début.

— Ce n'est pas possible, répéta-t-il. J'ai mis un préservatif.

— Apparemment, ce n'est pas fiable à cent pour cent, répliqua-t-elle d'une voix tremblante.

Theo n'avait pas fait un geste dans sa direction.

— Et tu as gardé le secret aussi longtemps ?

— Bien sûr que non, répondit-elle en secouant la tête. Je l'ai appris la semaine dernière.

— Je ne suis pas expert en la matière, mais comment est-ce possible ? demanda-t-il d'un ton sarcastique.

— Je… J'ai été tellement occupée que je ne m'en étais pas rendu compte…

— Tu ne t'en étais pas rendu compte ? répéta-t-il, une étincelle de colère s'allumant dans ses yeux.

— Je suis allée chez le médecin la semaine dernière, répondit-elle, effrayée par sa réaction. Elle a confirmé mes soupçons et je t'ai contacté. Enfin, j'ai essayé…

— Tu as essayé ?

Mal à l'aise, Leah recula d'un pas tout en acquiesçant.

— Tu as appelé, mais tu n'as pas laissé ton numéro, ajouta-t-il. Et tu n'es venue qu'une seule fois à mon bureau. Je n'appelle pas ça « essayer ».

Leah réprima une grimace. Il avait raison. Elle aurait dû insister davantage ou trouver une autre solution.

— Un autre homme pourrait-il être le père ?

Sa question la blessa profondément. Comment pouvait-il lui demander une chose pareille ? Il savait qu'elle était vierge avant de partager son lit, alors pourquoi ? À moins que… À moins qu'il lui ait déjà trouvé une remplaçante pour réchauffer son lit et s'attendait donc à ce qu'elle en ait fait autant.

— Tu penses vraiment que je suis du genre à collectionner les amants ? demanda-t-elle froidement. On peut faire un test si tu ne me crois pas.

Theo l'observa un instant avant de détourner les yeux.

— Non, ce ne sera pas la peine. Je te crois, dit-il d'une voix étrangement détachée. Qu'as-tu l'intention de faire ?

— Qu'est-ce que tu veux dire ?

— Tu es enceinte de quatre mois et tu as tenté de me contacter, sans succès. Qu'avais-tu l'intention de faire ?

— Je voulais…, commença-t-elle avant de s'interrompre comme une vague de panique menaçait de l'engloutir.

Elle y avait longuement réfléchi sans trouver de solution.

— Avais-tu l'intention de retourner chez tes parents ? s'enquit-il en l'étudiant avec attention.

— Non, murmura-t-elle.

Elle n'était pas prête à affronter leurs remarques et leurs reproches. Comme elle les connaissait, ils allaient sans doute l'accuser d'avoir gâché sa vie et de les avoir déçus une nouvelle fois.

— Je vis dans un autre pays, reprit-il. Y as-tu pensé ?

Leah secoua la tête. Elle avait été incapable de penser à autre chose qu'à sa réaction quand il découvrirait la vérité.

Son inquiétude était d'ailleurs fondée. Theo la regardait comme si elle avait commis un crime. Non, vraiment, il n'avait plus rien de commun avec l'homme charmant et prévenant avec qui elle avait passé la nuit, celui en qui elle avait eu toute confiance et qui lui avait donné plus de plaisir que tout ce qu'elle avait imaginé.

— Tu voyages beaucoup, dit-elle d'une voix tremblante. Tu pourras nous rendre visite quand tu voudras, enfin si tu en as envie…, ajouta-t-elle en évitant son regard.

— Si j'en ai envie ? répéta-t-il, incrédule. Tu penses vraiment que je me contenterais de voir mon enfant quelques jours par mois ? C'est hors de question, Leah, lança-t-il d'un ton sérieux qui la fit frissonner. En as-tu parlé à quelqu'un ?

— Simplement au médecin.

Elle n'avait rien dit à ses collègues et avait soigneusement évité Maeve. Quant à Zoé, elle avait ignoré ses appels. Elle était tout simplement incapable d'affronter leurs regards et la réalité.

— Bien. Ça va nous faciliter la tâche.

— Qu'est-ce que tu veux dire ?

— Nous allons nous marier.

Le mariage ? Non, impossible, elle avait sûrement mal compris.

— Pardon ?

— Tu es enceinte de mon enfant. Je refuse qu'il naisse hors mariage.

— Tu ne penses pas que j'ai mon mot à dire ?

— Je t'écoute : quels sont tes projets ? As-tu l'intention de continuer de vivre dans ce minuscule appartement ? poursuivit-il impitoyablement. Comptes-tu retourner travailler quelques semaines après la naissance et laisser mon enfant à la crèche ? Comment vas-tu payer ?

Leah n'arrivait plus à réfléchir. Theo posait trop de questions, se permettait même de juger ses décisions sans savoir ce qu'elle ressentait. À croire qu'il cherchait à la piéger.

— Je ne veux pas t'épouser ! s'écria-t-elle, à bout de nerfs.

— Pourquoi ? Tu n'aurais même plus besoin de travailler, déclara-t-il en haussant lui aussi la voix.

Leah cilla. Comme si ce genre de considération avait une quelconque importance.

— J'ignorais que tu étais en ville. Ce n'est pas ma faute si les préservatifs n'ont pas suffi. Je te rappelle que ce n'est pas moi qui les ai apportés. Tu aurais dû vérifier qu'ils…

— Avaient tenu le choc ? continua-t-il.

— C'est une façon de le dire, oui… J'aime ma vie comme elle est, poursuivit-elle sans se laisser démonter. J'adore mon travail et je n'ai aucune envie de le quitter et d'abandonner les résidents pour épouser un homme qui me déteste et déménager dans un pays lointain.

Theo pâlit.

— Tant pis pour toi. Et si ça peut te consoler, ce n'est pas non plus ce que je veux, mais nous n'avons pas le choix. Prends tes affaires.

Incapable de croire à ce qu'elle venait d'entendre, Leah le dévisagea longuement.

— Je n'ai pas envie de me disputer avec toi, Leah, dit-il avec un soupir en se passant une main dans les cheveux.

— Tu attends simplement de moi que je fasse tout ce que tu me demandes.

— C'est ça, répliqua-t-il avec un sourire qui ne la trompa pas.

Il était prêt à tout pour obtenir ce qu'il voulait.

— Je suis doué pour résoudre les problèmes et tu as bien compris que nous avions un problème ?

C'était peu de le dire…

— Quel est ton plan ?

— Je pense que nous pouvons trouver une solution qui ne perturbera pas trop nos vies.

Un frisson la parcourut. Theo n'avait aucune envie de l'épouser. Il ne souhaitait pas qu'elle devienne sa femme parce qu'il l'aimait, mais simplement parce qu'elle portait son enfant. Il s'inquiétait uniquement de l'avenir de sa progéniture.

— Qu'est-ce que tu veux dire ?

— Je suis certain que nous arriverons à trouver un arrangement qui nous conviendra à tous les deux.

— Mais encore ?

— Nous allons nous marier et élever cet enfant, mais il est inutile que nous vivions ensemble. Je possède plusieurs propriétés.

Sa volonté de la tenir à l'écart la blessa malgré elle. Elle ne représentait rien pour lui, c'était évident. Il la fascinait toujours autant, mais c'était loin d'être le cas pour lui. Il avait obtenu ce qu'il voulait et était passé à autre chose. Elle devait en faire autant.

— Theo, nous avons partagé des instants merveilleux, mais ce n'était censé durer qu'une nuit, dit-elle froidement.

— Les choses ont changé, rétorqua-t-il d'un air sérieux. Tu es coincé avec moi.

— Pas forcément.

— Es-tu prête à me confier la garde de notre enfant ?

Une vague de nausée la saisit.

— Non ! C'est hors de question.

— Et il est hors de question que j'abandonne mes responsabilités. Tu portes mon enfant, et tant que je serai en vie, je m'assurerai qu'il ne manque de rien.

Sa véhémence la surprit. Theo avait affirmé qu'il ne souhaitait pas se marier ni avoir des enfants, mais il était prêt à tout pour qu'ils forment une famille. Pourquoi ?

— Ne rends pas les choses plus difficiles qu'elles ne le sont, continua-t-il d'un ton plus calme comme s'il avait perçu son trouble. Nous allons trouver une solution.

— En effet, mais nous ne sommes pas obligés de nous marier. Tu m'as bien dit que le mariage ne t'intéressait pas, ajouta-t-elle dans un souffle.

— Tu es enceinte.

Theo réprima une grimace. Les accidents arrivaient, il en était la preuve vivante, mais il n'aurait jamais imaginé se retrouver dans une telle situation. Il n'avait plus le choix, il devait prendre ses responsabilités et réussir là où ses propres parents avaient échoué.

Pour autant, il avait du mal à réfléchir. Malgré ce qui venait de se passer, tout son corps lui hurlait d'attirer Leah à lui pour l'embrasser et apaiser enfin la faim qui ne l'avait pas quitté depuis des semaines.

Plongeant son regard dans le sien, il ouvrit la bouche, mais Leah se raidit. Un besoin impérieux le saisit de la faire sienne pour toujours et de la protéger… Y compris de lui-même.

— Je refuse d'avoir un enfant illégitime, Leah, dit-il d'une voix rauque. Ce bébé mérite de porter mon nom et de bénéficier des avantages qui y sont attachés.

— Tu parles d'argent ?

— Entre autres, oui. Mon enfant aura également besoin

de protection et toi aussi. Tu n'as pas la moindre idée des inconvénients qui vont avec le fait d'être aussi riches que nous, ajouta-t-il avec une grimace.

— Ça a l'air horrible, commenta-t-elle, sarcastique.

— Mais cet enfant aura surtout besoin d'une famille, continua-t-il en ignorant sa remarque. Je suis navré si tout ça te semble vieux jeu, mais…

Il s'interrompit comme des souvenirs de son enfance s'imposaient à son esprit. Son enfant méritait mieux que ce qu'il avait connu, mais il n'était pas le mieux placé pour lui donner ce dont il avait besoin.

— Ça n'a rien de démodé. C'est tout à ton honneur, au contraire, mais…

— Nous parlons d'un enfant, Leah, la coupa-t-il, pressé d'en finir avec cette conversation. Nos vies sont sur le point d'être bouleversées et j'ai l'intention de prendre mes responsabilités.

— J'ai compris, mais tu te conduis comme un dictateur !

Theo retint un juron. Il ne devait pas s'emporter, ne pouvait pas se le permettre.

Il ferma un instant les yeux pour se calmer, mais les mots de Leah lui revinrent en mémoire : « Je n'ai aucune envie de tout quitter pour épouser un homme qui me déteste. » Sans le savoir, elle avait parfaitement décrit le quotidien de sa mère, un quotidien qu'elle n'avait pu supporter…

Refusant de s'appesantir sur le passé, il s'efforça de se concentrer sur la situation. Il devait impérativement s'assurer que Leah ne manquerait de rien, mais comment ? Lui fournir un logement et répondre à ses besoins ne suffirait sans doute pas pour la convaincre de l'écouter. Il le fallait pourtant…

— Prends tes affaires, il est tard.

— Je ne pars pas avec toi, répliqua-t-elle sans lui accorder le moindre regard.

De toute évidence, elle était à la fois en colère et effrayée… Exactement comme lui.

— Je ne pars pas sans toi, dit-il, irrité par son obstination. Je sais que tu viens d'apprendre que tu étais enceinte, mais tu n'as pas fait de grands efforts pour me contacter. Comment puis-je être sûr que tu ne vas pas quitter la ville au milieu de la nuit ?

— Tu ne me fais pas confiance…

La douleur présente dans sa voix le troubla, mais il n'en laissa rien paraître.

— Je ne pars pas sans toi.

— Eh bien, je n'irai nulle part ce soir. Tu n'as qu'à dormir sur le canapé si tu y tiens.

— C'est hors de question, Leah.

— Eh bien, je ne veux pas de toi dans mon lit.

— Tu en es sûre ? s'enquit-il en comblant la distance qui les séparait.

Le souffle de Leah s'accéléra, prouvant qu'elle le désirait toujours malgré ses paroles.

— Dans ce cas, allons dans ma suite, ajouta-t-il, les reins en feu.

— Je refuse de…

— Il y a deux chambres, la coupa-t-il sèchement. Ta vertu ne craint rien. Tu me suis ou tu préfères poursuivre cette conversation ? demanda-t-il en lui tournant le dos dans l'espoir de reprendre le contrôle de ses émotions.

— Je ne peux pas tout emballer en une soirée, marmonna-t-elle en croisant les bras.

— Pourquoi pas ? Tu n'en auras pas pour longtemps.

— Tu es un vrai salaud, murmura-t-elle en secouant la tête.

— Leah…

À bout de nerfs, il n'avait qu'une envie : la soulever sur son épaule pour la déposer dans la voiture. C'était la première fois qu'il s'emportait ainsi.

— Il est tard.

— Je pourrais te rejoindre plus tard, disons dans une semaine ?

— C'est hors de question. Je n'ai pas l'intention de te quitter d'une semelle jusqu'au mariage.

— On ne peut pas se marier comme ça ! s'écria-t-elle, visiblement choquée.

— En effet, nous aurons besoin d'une semaine pour régler les détails.

— Une semaine ? répéta-t-elle, incrédule.

— Ça te donnera l'occasion de te trouver une robe, dit-il d'un air léger dans l'espoir de détendre l'atmosphère.

— Parce que c'est bien évidemment la seule chose qui m'inquiète !

Theo retint un sourire. Leah n'avait rien perdu de sa repartie.

— Ne me fais pas perdre mon temps et va préparer tes affaires. À moins que tu préfères ne rien emporter ?

Sa proposition était parfaitement sensée. Leah devait simplement l'admettre. Elle soupira.

— Très bien, mais je m'installerai dans la seconde chambre, dit-elle en quittant le salon.

Theo resta silencieux et profita de son absence pour observer la pièce. Se forçant à la patience, il aperçut le panneau en liège où étaient accrochés une photo de Leah en compagnie de son amie, la danseuse, le menu d'un restaurant thaï situé au coin de la rue, quelques dessins et un ticket.

— C'est ton ticket d'entrée à l'opéra ? s'enquit-il, comme elle le rejoignait avec un sac à dos et son gigantesque sac à main, le même que ce soir-là.

Malgré lui, il ne put s'empêcher de sourire.

— Je l'avais laissé ici, dit-elle, visiblement gênée. Ce qui explique pourquoi je n'arrivais pas à le trouver. C'est pathétique, je sais, murmura-t-elle, les joues rouges.

Theo éclata de rire avant de plisser les yeux.

— Tu avais une bonne place.

— Je t'ai dit que Zoé était mon amie. Tu ne me crois pas ? demanda-t-elle, une lueur de douleur passant brièvement dans ses yeux. Je ne t'ai jamais donné de raison de ne pas me faire confiance, Theo.

Il réprima une grimace. Leah ne pouvait pas comprendre.

Il n'accordait pas sa confiance aussi facilement. Il fallait la mériter.

— Nous ne nous connaissons pas très bien, Leah…

— Je suppose que les choses seront différentes quand nous serons mariés, dit-elle d'une voix aiguë.

Il ne prit même pas la peine de répondre, et son silence la mit au supplice. Elle pensait le connaître. Theo lui avait donné l'impression qu'ils partageaient quelque chose de fort, de précieux et d'unique. C'était ce qui l'avait convaincue de passer la nuit avec lui. Elle lui faisait confiance et se rendre compte qu'il n'en était pas de même pour lui était incroyablement douloureux.

Pire, il venait de découvrir qu'elle avait gardé son ticket comme un souvenir de ces instants magiques.

— Il faudra que je revienne pour chercher le reste, annonça-t-elle pour changer de sujet.

Elle n'avait pas le choix, elle devait le suivre. Contrairement à elle, Theo avait de l'argent, de l'influence et du pouvoir. Et surtout, il était proche de son grand-père. Avec un peu de chance, celui-ci allait se réjouir d'avoir un petit-fils ou une petite-fille. Elle ne pouvait pas en dire autant de ses parents. Ils n'allaient pas manquer de lui reprocher son manque de prévoyance, sans lui offrir le moindre soutien.

— Tu as un passeport ?

— Oui, pourquoi ?

— Nous devons rapidement rentrer en Grèce.

— En Grèce ? répéta-t-elle, incrédule. Quand ? Demain ?

— Tout à fait.

Leah secoua la tête. Tout allait beaucoup trop vite. Il voulait l'épouser dans une semaine et l'emmener en Grèce dès le lendemain ?

— Nous avons beaucoup à faire et je ne peux pas rester loin de ma famille aussi longtemps, ajouta-t-il.

— Mais moi je peux ?

— Comme tu n'as pas prévenu tes parents, j'en conclus que vos relations sont compliquées, expliqua-t-il en s'emparant de ses sacs. Nous prendrons un vol pour Athènes demain matin.

— Je dois aller travailler, dit-elle, irritée par son attitude.

Comment pouvait-il être aussi arrogant ?

— Je dois donner un préavis et dire au revoir à mes résidents. Ce n'est pas parce que je suis une simple réceptionniste que je peux tout quitter comme ça.

Theo la regarda fixement comme s'il essayait de ne pas s'emporter.

— Très bien..., dit-il enfin. Nous verrons ça demain. Pour l'instant, le plus important est de rentrer à mon hôtel pour dormir un peu.

Leah contempla le bâtiment à travers la vitre de la voiture. Ce n'était pas le même hôtel que celui où il l'avait emmenée cette nuit-là. Celui-ci était plus discret, mais tout aussi luxueux.

— Prends la chambre que tu veux, dit-il en entrant dans le salon.

— Laquelle as-tu choisie ?

— Aucune. Je suis venu chez toi directement depuis l'aéroport.

Leah fronça les sourcils. Pourquoi avait-il fait une chose pareille ? Il ignorait qu'elle était enceinte...

Tournant la tête, elle plongea son regard dans le sien et son cœur se mit à battre la chamade. Le souvenir des instants qu'ils avaient partagés s'imposa à son esprit, la faisant frissonner de désir, mais elle pinça les lèvres pour se reprendre. Theo n'attendait rien d'elle. Il souhaitait qu'ils mènent des vies séparées. Ce n'était qu'un mariage de convenance.

— Nous irons parler à ton patron demain matin avant de nous rendre à l'aéroport, annonça-t-il, la tirant de ses pensées.

— Parce que je suis incapable de me débrouiller toute

seule ? rétorqua-t-elle froidement. Tu as peur que je dise quelque chose ?

— Non, j'ai peur qu'il refuse de te laisser partir ou qu'un résident cherche à te convaincre de rester, expliqua-t-il en s'approchant. Ça pourrait marcher : tu es tellement sensible.

— Je m'efforce de faire preuve de gentillesse, je ne vois pas où est le mal là-dedans.

— Il n'y en a aucun, dit-il en plongeant ses yeux dans les siens. Nous irons voir tes parents après avoir quitté ton travail. À quoi dois-je m'attendre ?

— Tu n'es pas obligé de…, commença-t-elle avant de s'interrompre.

Elle ne pouvait pas lui parler de ses parents. C'était trop compliqué et il était hors de question qu'il les rencontre.

— Oublie ça. Je n'ai pas envie d'aller les voir.

— Tu t'apprêtes à quitter le pays et tu n'as pas l'intention d'aller leur dire au revoir ? demanda-t-il, étonné. Tu ne souhaites pas les inviter au mariage ?

— Ils ne viendront pas.

— Je suis intrigué… J'ai hâte de faire leur connaissance.

— Dommage…

— Leah, je suis en train de faire des efforts. Je ne veux pas jouer les dictateurs.

— Et tu penses qu'il suffit de m'indiquer notre itinéraire de demain pour que je me sente mieux ?

— Je vais devenir leur beau-fils, dit-il, ignorant sa question. Tu ne penses pas qu'ils devraient me rencontrer ?

Comme elle secouait la tête, il ajouta :

— À te voir ainsi, on dirait que tu es prête à tout pour éviter qu'on se retrouve dans la même pièce…

C'était peu dire. Ses parents allaient sans aucun doute tomber sous le charme de Theo, mais ils allaient également rapidement comprendre qu'il ne l'aimait pas. Ils n'allaient pas manquer de deviner qu'il l'épousait uniquement parce qu'elle était enceinte et il était hors de question de leur donner cette satisfaction. C'était au-dessus de ses forces.

— Parle-moi d'eux, reprit-il en l'observant avec attention

comme s'il cherchait à mieux la comprendre. Que font-ils ? Les choses ne sont sans doute pas aussi horribles que tu cherches à me le faire croire.

— Ce n'est pas ça… Je n'ai pas honte d'eux, c'est plutôt eux qui ont honte de moi, dit-elle, les joues rouges. Ce sont tous les deux des universitaires, mon frère aussi, et ils ont toujours vécu dans ce milieu.

— Qu'est-ce que tu veux dire ?

— Ce sont des professeurs émérites. Quant à mon frère, Oliver, il est tellement doué qu'on lui a récemment confié un poste prestigieux. Leur carrière représente tout pour eux.

— Et que pensent-ils de ton poste de réceptionniste ?

— Devine…

— Qu'ont-ils étudié ?

— Ils sont passés maîtres dans l'art de la critique, mais ils ont un diplôme en chimie.

— En chimie ? répéta-t-il, visiblement surpris.

— Mes parents sont très… Il leur suffira d'un instant pour comprendre que nous ne sommes pas…

— Que nous ne sommes pas quoi ? la coupa-t-il. Tu portes mon enfant, ce qui prouve que nous avons couché ensemble et que nous sommes donc attirés l'un par l'autre.

— Nous avons été attirés l'un par l'autre, le corrigea-t-elle.

Le regard émeraude de Theo s'assombrit soudain.

— Je croyais que tu disais toujours la vérité, Leah.

— Il faut croire que tu avais raison : parfois il vaut mieux ne rien dire.

— Si j'avais envisagé cette option, c'était uniquement pour éviter de souffrir, dit-il d'une voix rauque qui la fit frissonner.

Malgré elle, elle rêvait de combler la distance qui les séparait et de lui caresser le visage, mais elle ne pouvait s'y résoudre. Theo ne l'aimait pas. S'il souhaitait l'épouser, c'était uniquement parce qu'elle portait son enfant. Il ne voulait pas d'elle, elle ne devait pas l'oublier.

— Il est tard, murmura-t-elle. Je dois aller me coucher.

— En effet. Va dormir, ajouta-t-il d'un ton plus froid.

Il était redevenu l'homme d'affaires impitoyable qui l'avait pratiquement forcée à le suivre dans sa chambre d'hôtel.

— Une longue journée nous attend demain.

6.

— Bien entendu, il faut que tu partes immédiatement, Leah, déclara Seth, mais je tiens à ce que tu saches que tu vas nous manquer.

Seth lui sourit avant de se tourner vers Theo.

— Vous n'étiez pas obligé de vous montrer aussi généreux…

— Leah s'inquiétait, répliqua calmement Theo. Son départ précipité ne vous laisse pas le temps de lui trouver une remplaçante, mais l'état de mon grand-père…

— Je comprends, mais nous sommes désolés de te perdre, ajouta Seth à l'intention de la jeune femme.

Elle faillit fondre en larmes. C'était le premier emploi qu'elle avait véritablement adoré et où elle s'était sentie à sa place. Aucune qualification n'était nécessaire, mais elle avait réussi à nouer des liens avec les résidents et avec leur famille. Elle s'était épanouie à leur contact et ils allaient lui manquer.

— J'ai besoin de quelques minutes, dit-elle à Theo avant de s'éloigner sans lui laisser le temps de répondre.

Elle traversa le couloir et s'arrêta devant la chambre de Maeve.

— Tu pars…, dit Maeve en se levant pour lui tendre les bras.

— Oui, mais j'ai quelque chose pour toi, répliqua Leah en l'enlaçant.

Elle sortit un petit plaid de son sac à main et le tendit à la vieille dame.

— Oh ! je le reconnais ! C'est le motif que je n'ai pas réussi à tricoter à cause de mon arthrite.

— C'est celui-là, dit Leah avec un sourire triste. Je me suis dit qu'il te tiendrait chaud.

— J'ai également quelque chose pour toi, répondit la vieille dame en récupérant un petit sac sous une table. J'ai choisi du blanc, comme tu ne savais pas si c'était un garçon ou une fille.

— C'est adorable…, murmura Leah, émue, en découvrant un petit manteau en laine. Maeve, c'est magnifique. Merci.

La vieille dame n'avait pas ménagé ses efforts pour le terminer aussi vite.

— Tu seras une mère merveilleuse, déclara Maeve en lui pressant les mains.

— Je te rendrai visite chaque fois que je serai en ville et je…

Incapable de continuer, elle s'interrompit. Elle n'avait aucune envie de quitter ses résidents. Ils comptaient tant pour elle.

— Leah…

La voix masculine de Theo résonna, la tirant de ses pensées.

— Je suis désolée, mais il faut qu'on y aille.

— C'est lui ? demanda Maeve.

— Oui, répondit-elle en retenant un sourire, comme la vieille dame se tordait le cou pour apercevoir Theo.

— Vous prendrez soin d'elle, n'est-ce pas ? lui lança-t-elle d'un air sérieux.

Leah faillit éclater de rire. La sollicitude de Maeve était adorable et très touchante.

— Bien entendu, lui assura Theo avec un sourire charmant.

Dix minutes plus tard, Leah était installée dans la voiture de Theo qui traversait la ville. Le chauffeur avait relevé la vitre de séparation, créant ainsi une atmosphère plus intime qui la mettait mal à l'aise. Lorsqu'elle était en tête à tête avec lui, il était facile d'oublier qu'il n'avait aucun sentiment pour elle et qu'il s'agissait d'une union de convenance.

— Je n'arrive pas à croire que tu t'es servi de ton grand-père et de ton argent pour casser mon contrat.

— Je ne me suis pas servi de mon grand-père, répliqua-t-il d'un air exaspéré. Je lui ai dit la vérité.

— Tu ne nies pas avoir tiré avantage de ta fortune…

Il posa une main sur la sienne.

— Leah…

Inspirant profondément, elle s'efforça de se calmer. Theo était certes autoritaire, mais il faisait des efforts. Elle pouvait au moins en faire autant, même si la situation lui donnait envie de hurler.

— Ton grand-père est vraiment malade ?

— Il a subi une opération du cœur récemment, mais il va mieux.

— Il ne verra pas de problème à ce que tu lui annonces tes fiançailles avec une femme que tu connais à peine et qui est enceinte de quatre mois.

— Dimitri n'a pas besoin de connaître les moindres détails de notre relation ou plutôt de notre absence de relation, répliqua-t-il l'air sombre.

— Tu as l'intention de lui mentir ?

— Je vais lui expliquer la situation dans les grandes lignes. Le reste n'a pas d'importance. Je ne tiens pas à l'inquiéter inutilement, conclut-il d'un air grave.

L'inquiéter inutilement ?

Il y avait donc un risque qu'il se mette en colère en découvrant la vérité…

— Vous êtes proches ?

Theo sembla hésiter un instant, mais elle ne le quitta pas des yeux. Il avait posé des questions sur sa famille. Elle avait bien le droit d'en faire autant.

— Je vis avec lui depuis que j'ai dix ans, répondit-il enfin. Je lui dois tout.

— Pourquoi as-tu emménagé avec lui ?

— Mon père est décédé.

— Je suis désolée, murmura-t-elle, mais Theo sembla ne pas l'entendre.

— J'ai dû aller vivre chez Dimitri, reprit-il. C'est pour cette raison que je refuse d'abandonner mon enfant. Nous pouvons faire mieux que ça.

— Quel genre d'homme est ton grand-père, enfin Dimitri… ?

Il soupira, mais ne put s'empêcher de sourire.

— Il est très autoritaire, très attaché à ses petites habitudes et très fragile. Je refuse que quoi que ce soit ou qui que ce soit vienne le perturber.

— Tu crois que ma présence va le mettre en colère ? s'enquit-elle en se mordillant la lèvre inférieure.

— Personne ne pourrait se mettre en colère contre toi, répliqua-t-il, une lueur étrange passant brièvement dans ses yeux.

Elle eut du mal à cacher sa déception.

— Parce que je ne suis qu'une pauvre petite chose qui ne pourrait faire de mal à personne ?

— Parce que tu es une femme bien qui ne blesserait ou n'insulterait jamais personne, dit-il sans la quitter des yeux. Mais tu n'as pas à t'inquiéter. Tu ne le verras pratiquement jamais.

— Je n'ai pas à m'inquiéter ? Qu'est-ce que tu veux dire par là ? Ton grand-père est donc si terrible ?

— Il l'était autrefois, répliqua-t-il avec l'ombre d'un sourire, mais je suis adulte à présent. Cela dit, ça ne l'empêche pas d'essayer de me donner des ordres.

— Il était sévère quand tu étais enfant ? demanda-t-elle après un instant d'hésitation.

— Il avait des règles bien précises et attendait que je m'y conforme. Mais je lui suis reconnaissant de s'être montré aussi strict. Il m'en demandait beaucoup, mais j'ai fini par comprendre pourquoi il était aussi inflexible. Il voulait ce qu'il y avait de mieux pour moi et nous nous entendons bien à présent.

Leah hocha la tête. Elle savait mieux que quiconque combien il était difficile d'être à la hauteur des attentes de ses parents, mais Theo avait réussi là où elle avait échoué.

Le trajet jusqu'à Cambridge fut bien trop court à son goût. Inspirant profondément, Leah frappa à la porte du bureau de ses parents.

— Leah ! s'exclama son père, les yeux écarquillés. Nous ne t'attendions pas. Il s'est passé quelque chose ?

Elle réprima une grimace. Bien entendu, il pensait qu'il lui était arrivé quelque chose. Elle n'aurait pas dû laisser un événement aussi insignifiant l'atteindre. Ce n'était pas leur faute ni la sienne. Ses parents étaient intelligents, mais ils ne la comprenaient pas.

— Tout va..., elle s'interrompit, la bouche soudain sèche. Tout va bien. Maman est là ?

— Bien sûr, répondit celle-ci en les rejoignant.

Theo écarquilla les yeux et Leah ne put retenir un sourire. Elle tenait de son père. Il était grand, mince et avait les cheveux sombres, tout le contraire de sa mère, une magnifique petite blonde ayant décroché son doctorat en un temps record.

— Qu'est-ce qui t'amène ? demanda-t-elle avant de porter son attention sur Theo. Qui est ton ami ?

— Voici Theo Savas. Theo, voici mes parents, Jocelyn Franks et James Turner.

— Nous sommes venus vous..., commença-t-elle avant de s'interrompre, les joues rouges. Nous sommes venus vous annoncer que vous allez être grands-parents.

— Pardon ?

Leah déglutit. Sa mère semblait furieuse.

— Je suis enceinte, reprit Leah en s'efforçant de garder son calme.

Sa mère se tourna vers Theo.

— C'est vous le responsable ? Avez-vous profité d'elle ?

Un frisson parcourut Leah. Sa mère la voyait toujours comme une petite écervelée incapable de prendre la moindre décision seule. Elle ne devait pas se laisser faire, et surtout pas devant Theo. Elle avait changé.

— Qui te dit que je n'ai pas profité de lui ?

— Oh ! Leah..., soupira-t-elle en secouant la tête.

De nouveau, Leah eut l'impression de se retrouver des années en arrière. Elle les avait déçus, une fois de plus…

— Nous allons nous marier en Grèce la semaine prochaine, dit-elle avec un sourire forcé.

— J'espère bien, commenta son père en lançant un regard noir à Theo. Vous avez l'intention de prendre soin d'elle, j'imagine ?

La question était identique à celle posée par Maeve, mais son attitude était très différente. Il ne voyait pas Leah comme un trésor ou une femme à chérir, mais plutôt comme une petite idiote qui dépendait des autres.

— Je savais que c'était une erreur de te laisser aller à Londres toute seule et…

— Je n'ai pas de doctorat, mais je ne suis pas stupide, le coupa Leah. Je…

— Tu viens de nous annoncer ta grossesse, intervint sa mère.

— Et ça fait de moi une idiote ?

— Tu n'as aucune qualification, Leah, reprit-elle, insensible à son trouble. Nous nous sommes occupés de toi pendant des années, depuis que tu as quitté l'école en fait. Nous t'avons trouvé un emploi au laboratoire.

— Je me suis occupée de vous, rétorqua Leah d'une voix tremblante. Qui préparait vos repas ? Qui gérait tout pendant que vous travailliez ?

— Nous t'avons laissée faire pour t'occuper. Tu crois vraiment que nous sommes incapables de cuisiner ?

— Tu ne l'as jamais fait.

— Nous avons des choses plus importantes à faire, dit son père.

Leah faillit s'étrangler. Leur temps était plus précieux que le sien ? Et leur travail si essentiel qu'il prenait le pas sur tout le reste comme de veiller sur leurs enfants ou leur maison ? Ils avaient engagé une femme de ménage et lui avait confié la cuisine pour « l'occuper » ! Ignoraient-ils qu'elle puisse aussi avoir des rêves ou des projets ou s'en moquaient-ils tout simplement ?

Serrant les poings pour ne pas se mettre à pleurer, elle releva le menton. Elle n'avait pas besoin d'eux. Ces derniers mois étaient la preuve qu'elle pouvait se débrouiller seule et qu'elle était plus heureuse sans eux.

— Merci de vous être occupés de moi aussi longtemps, mais les choses ont changé. Nous partons pour la Grèce aujourd'hui.

Son père fronça les sourcils.

— Leah, tu ne peux pas…

— Je comprendrai parfaitement que vous ne puissiez pas assister à la cérémonie, l'interrompit Theo. Je suis navré de vous prévenir à la dernière minute, mais nous ne pouvons pas attendre plus longtemps, ajouta-t-il en passant un bras autour de Leah pour l'attirer à lui. Leah est incroyable. J'ai l'intention de prendre soin d'elle et de notre enfant. Vous n'avez donc plus à vous inquiéter pour elle, conclut-il en la dévisageant comme s'il était fou d'elle.

Elle ouvrit la bouche, mais aucun son n'en sortit. Elle aurait voulu lui dire qu'elle était capable de se débrouiller seule, mais une lueur s'était allumée dans son regard, la réduisant au silence. Il semblait sérieux, presque sincère.

— Et, de toute façon, Leah n'a besoin de personne, ajouta-t-il.

À cet instant, une voix masculine retentit, la faisant sursauter.

— Leah ? Je ne savais pas que tu devais nous rendre visite.

— Je ne fais que passer, annonça-t-elle en se dégageant comme son frère entrait dans la pièce. Je vais m'installer en Grèce et je suis enceinte, poursuivit-elle d'une voix aiguë. Tu devrais venir au mariage.

— Quoi ? Quand ? Je ne peux pas partir comme ça, il y a mes…

— Recherches, je sais…, termina Leah. Ce n'est pas grave. Je t'enverrai une photo. Il faut qu'on y aille, lança-t-elle, pressée de quitter cet endroit.

Sans un regard en arrière, elle tourna les talons, mais Oliver la retint comme elle atteignait la porte.

— Tu m'appelleras ?

— Bien sûr, répliqua-t-elle avec un sourire triste.

Oliver avait du mal à s'exprimer, mais il l'aimait autant qu'elle l'aimait.

— Au fait, je ne t'ai pas remerciée. C'est mon préféré, dit-il en montrant son bonnet.

Leah hocha la tête puis sortit. Oliver allait lui manquer. Elle s'était occupée de lui, veillant à ce qu'il n'oublie pas de manger quand il était plongé dans ses études.

De retour à la voiture, elle s'installa sur le siège sans un mot ni un regard pour Theo.

— Ta famille est…

— Merveilleuse, je sais, le coupa-t-elle avec un grand sourire.

C'était cela ou éclater en sanglots.

— Ce n'est pas le mot que j'avais choisi.

— Pourtant, c'est la vérité, dit-elle en fronçant les sourcils. Mes parents et mon frère sont de véritables génies. On peut dire que je fais tache avec mon QI dans la moyenne. Tu n'avais pas besoin d'intervenir, ajouta-t-elle en secouant la tête. Tu n'aurais pas dû jouer la comédie et leur faire croire que…

— Que quoi ? l'interrompit-il en la scrutant. Je n'aurais pas dû leur faire croire que j'avais envie de t'épouser ?

— Je n'ai pas besoin que tu leur dises ce genre de choses ou que tu promettes de t'occuper de moi, poursuivit-elle d'une voix aiguë. Je ne suis pas idiote, j'aurais pu trouver une solution. De nombreuses femmes élèvent leur enfant seule.

— Je sais parfaitement que tu aurais pu te débrouiller seule, Leah, dit-il en lui prenant la main. Tu es incroyable. Tu as affronté tes parents avec courage et intelligence, mais tu n'as pas besoin d'élever cet enfant toute seule. Nous sommes dans le même bateau. C'est ma responsabilité autant que la tienne.

Son cœur se serra. Ce n'était pas ce qu'elle rêvait d'entendre.

— Pourquoi ton frère portait-il un bonnet en plein été ? s'enquit-il avec un sourire.

Surprise par le changement de sujet, elle plongea son regard dans le sien.

— Il fait froid dans le laboratoire et il a les oreilles fragiles.

— C'est toi qui lui en as fait cadeau ?

— Le tricot est la dernière tendance. Tu l'ignorais ?

— Tu veux dire que c'est toi qui l'as fait ?

— Oui. Tu ne m'en crois pas capable ? demanda-t-elle en relevant le menton avec défi.

— Du calme, la tigresse ! dit-il avec un sourire. Je ne suis pas comme eux, Leah. J'ai cru que tu l'avais acheté parce qu'il est d'aussi bonne qualité que ceux que l'on trouve en magasin. J'ai également vu le plaid que tu as fait pour ta résidente. Il était très beau. Je te faisais un compliment, Leah, continua-t-il en lui pressant la main, mais je comprends ta réaction. Tes parents ont visiblement mis la barre très haut en ce qui concerne leurs attentes.

— Je n'ai jamais réussi à obtenir les notes qu'ils espéraient.

Ce n'était pourtant pas faute d'avoir essayé, mais en vain. Il voulait la perfection, rien de moins.

— C'est pour ça que tu ne danses plus ?

— Ils ont dit que ça interférait avec mes études, répliqua-t-elle en haussant les épaules. Ils n'ont jamais compris que je n'étais pas comme eux, et ils ont essayé de me modeler à leur image. Ils ont engagé des professeurs particuliers, m'ont fait lire des dizaines de livres… J'ai vraiment fait des efforts, tu sais, poursuivit-elle d'une voix tremblante, mais tu as vu le résultat. À leurs yeux, je ne suis bonne qu'à cuisiner et à nettoyer. Ils sont convaincus que tu as profité de moi parce que je ne suis qu'une petite écervelée incapable de prendre la moindre décision ou de faire quoi que ce soit. Tout ça parce que je ne suis pas comme eux !

— Ce n'est pas ta faute si tu n'as pas réussi à répondre à leurs attentes, mais je ne t'imaginais pas renoncer à tes rêves pour eux.

— Ils ont refusé de payer mes cours parce que je n'avais pas d'assez bonnes notes.

— Tu n'aurais pas pu trouver une solution ? s'enquit-il en fronçant les sourcils. Tu aurais pu proposer de nettoyer le studio pour pouvoir assister aux cours…

Leah le dévisagea en silence. Il lui avait suffi de quelques minutes pour trouver une solution. Contrairement à elle, il n'aurait jamais accepté qu'on lui refuse de réaliser ses rêves. Il se serait battu et aurait sans aucun doute gagné. Il était pugnace, inventif et très intelligent, ce qui lui avait permis de devenir le directeur d'une grande banque.

— J'étais prête à tout pour qu'ils soient fiers de moi, murmura-t-elle avec émotion.

Combien de fois avaient-ils chaudement félicité Oliver quand il l'avait dépassée dans tel ou tel domaine ? Elle aimait trop son frère pour le lui reprocher, mais elle était jalouse de l'amour qu'ils lui portaient.

— Je voulais obtenir leur approbation, continua-t-elle d'une voix tremblante. J'ai essayé pendant très longtemps de devenir la fille qu'ils espéraient, mais j'ai échoué. Je n'ai jamais pu faire ce qu'ils attendaient de moi.

Elle avait souffert durant des années jusqu'à ce qu'elle décide de reprendre le contrôle de sa vie.

— Quand j'ai admis que je ne serais jamais à la hauteur de leurs attentes, j'ai compris qu'ils m'empêchaient de vivre et de réaliser mes rêves. J'ai pris mon courage à deux mains et je me suis installée à Londres où j'ai trouvé du boulot.

Avec le temps, elle avait réappris à s'aimer et à croire en elle jusqu'à cette nuit incroyable qu'ils avaient partagée et dont les conséquences inattendues avaient bouleversé son existence.

— Et, à présent, tu t'attends à ce que je t'obéisse sans discuter.

— Ne fais pas cette tête, répliqua-t-il, nullement embarrassé par ses reproches. Tu vas adorer l'île.

— L'île ?

— Ta nouvelle maison.

— Tu parles d'Athènes ?

— Nous commencerons par là avant de nous rendre sur l'île.

— Je croyais que tu travaillais à Athènes ?

— C'est le cas.

Le souffle de Leah se bloqua dans sa gorge. Il avait donc l'intention de rester à Athènes et de l'envoyer sur cette mystérieuse île toute seule ? Était-ce ce qu'il avait voulu dire en affirmant qu'ils pourraient mener chacun leur vie même s'ils étaient mariés ?

— Tu veux donc m'envoyer dans une version de luxe d'Alcatraz…

Theo éclata de rire.

— Tu n'as pas envie d'en savoir plus ?

— Pas vraiment. Je suis certaine que l'endroit est magnifique. Il y a sans doute une piscine et une villa avec une incroyable vue, ajouta-t-elle, sarcastique, mais ça reste une prison. Comment vais-je occuper mes journées ?

— Tu auras du personnel à ta disposition ainsi que des nounous et une cuisinière.

Ainsi c'était de son personnel qu'il parlait quand il avait affirmé qu'elle n'était pas obligée d'élever leur enfant seule et non de lui.

— Tu n'as pas envie qu'on s'occupe un peu de toi, Leah ? demanda-t-il en se penchant vers elle. Tu ne manqueras de rien, je te le promets et…

— J'ai déjà passé trop de temps enfermée dans un laboratoire sans parler à personne, le coupa-t-elle froidement. J'aime faire de nouvelles rencontres, parler à des gens.

— Tu auras bientôt quelqu'un à qui parler, répondit-il en regardant son ventre.

— Sauf qu'il ou elle sera incapable de me répondre avant plusieurs mois.

— Il y a le personnel également.

— Merveilleux…, répliqua-t-elle avec amertume. Tu veux que je discute avec des gens payés pour passer du temps avec moi.

— Crois-le ou non, d'autres personnes vivent sur cette île, dit-il avec un sourire. Ce sont des gens bien.

Leah retint un soupir. La perspective de le quitter lui était insupportable, mais Theo ne semblait pas éprouver le moindre problème à imaginer sa vie sans elle.

— Je ne veux pas que tu sois malheureuse, poursuivit-il soudain d'un air sérieux. Je me suis dit que tu aimerais t'installer dans un endroit où tu pourrais te détendre. Attends au moins de voir l'île avant de te faire une opinion.

Leah baissa la tête. Toute sa vie durant, elle avait rêvé que quelqu'un, n'importe qui, l'aime pour celle qu'elle était vraiment. Et, une fois de plus, ses espoirs étaient brisés.

Malgré elle, son regard se posa sur Theo. Pourquoi ne pouvait-il pas lui donner ce dont elle avait besoin ? Et pourquoi ce mariage sans amour ne lui posait-il aucun problème ?

Une étincelle de désir s'était brièvement allumée dans ses yeux un peu plus tôt, mais il n'avait pas fait un geste pour se rapprocher d'elle. Ce désir incandescent qu'il éveillait en elle n'était visiblement pas assez puissant pour le convaincre que leur relation pouvait évoluer. L'avenir était sans espoir.

Le cœur lourd, elle se tourna pour contempler le paysage qui défilait à travers la vitre de la voiture.

7.

Ils arrivèrent rapidement à l'aéroport où les attendait une petite équipe. Un homme à l'allure austère tendit un attaché-case à Theo et lui murmura quelque chose à l'oreille avant de disparaître à l'intérieur de l'avion.

— Je ne voyage pas systématiquement en jet privé, mais nous avons besoin d'intimité, expliqua Theo en l'entraînant vers l'escalier menant à l'appareil.

Le rythme cardiaque de Leah s'accéléra. Pourquoi avaient-ils besoin d'intimité ?

— Je n'ai aucune envie d'être observé par les autres passagers. Nous te présenterons au public quand nous serons prêts, ajouta-t-il en récupérant un petit sac bleu clair pour le lui tendre.

— Qu'est-ce que c'est ? demanda-t-elle en découvrant une petite boîte noire nichée dans du papier.

Comme Theo restait silencieux, elle l'ouvrit d'une main tremblante, consciente qu'il ne la quittait pas des yeux.

— C'est un vrai ? s'enquit-elle, manquant défaillir à la vue de l'énorme diamant.

— Vu le prix, j'espère qu'il l'est.

— Quand l'as-tu acheté ?

— C'est l'un de mes assistants qui s'en est chargé. Je suis navré s'il ne te plaît pas, mais, apparemment, il n'y avait pas beaucoup de choix.

Leah se mordilla les lèvres. La bague était magnifique… Mais Theo n'avait même pas pris la peine de l'acheter lui-même. Il avait envoyé l'un de ses employés.

— Essaie-la. Avec un peu de chance, elle sera à ta taille.

Le cœur de Leah se serra. Peu importait qu'elle lui plaise. Cette bague ne représentait rien. Ce n'était qu'un accessoire pour convaincre le reste du monde qu'ils s'aimaient.

S'efforçant de rester impassible, elle glissa l'anneau à son doigt.

— C'est parfait, commenta-t-elle d'une voix neutre.

Theo hocha la tête d'un air satisfait puis il alluma son ordinateur portable.

— Tu pourras acheter ce que tu veux à Athènes.

— Je n'ai besoin de rien, murmura-t-elle en remuant les doigts pour s'habituer au poids de l'énorme diamant à son annulaire.

— Tu vas avoir besoin de vêtements. Les T-shirts et tes pantalons que tu as emportés ne suffiront pas quand ta grossesse commencera à se voir.

— Je m'en achèterai des nouveaux quand ce sera nécessaire, répliqua-t-elle, irritée par son insistance.

Elle n'avait pas besoin de son argent, de son aide ou de quoi que ce soit d'autre.

— Pourquoi portes-tu du noir ? demanda-t-il avec un léger sourire.

— Pourquoi pas ?

— Tu me fais penser à une ombre. On dirait presque que tu espères passer inaperçue.

— Les femmes de ma taille ne passent jamais inaperçues, rétorqua-t-elle avec une grimace.

— Je ne vois pas où est le problème. Au lieu de te cacher, tu devrais mettre tes atouts en valeur.

Incapable de répondre, elle écarquilla les yeux. Était-il sincère ?

— Et n'oublie pas d'acheter l'une ou l'autre de ces petites choses en soie rouge, reprit-il d'un air taquin avant de reporter son attention sur l'écran de son ordinateur.

Leah attendit qu'il poursuive la conversation, en vain. Theo avait vraisemblablement l'intention de travailler durant le reste du vol. Il s'était amusé à ses dépens, mais avait à présent repris son sérieux.

Soudain épuisée, elle soupira. Le comportement de Theo était incompréhensible. Un instant, il était réservé et autoritaire et, le suivant, il lui arrachait un sourire, et parfois même un éclat de rire. Theo était vraiment un homme complexe…

Quelques heures plus tard, l'appareil se posait sur la piste. À peine eut-elle le temps de sortir de l'avion que les gardes du corps de Theo se déployaient autour d'eux, comme il l'entraînait vers une voiture aux vitres teintées. Le véhicule se mit rapidement en route et ils traversèrent une ville qu'ils dépassèrent sans ralentir.

— Où se situe la propriété ?

— Nous avons un domaine sur la côte. On l'appelle la « Rivera athénienne », expliqua-t-il d'un air solennel. Elle appartient à ma famille depuis plus de vingt ans.

Un domaine ? La « Rivera athénienne » ?

Elle avait du mal à le croire. Pour un peu, elle aurait pu s'imaginer dans un film ou un roman.

— Vais-je rencontrer Dimitri ce soir ?

— Il vaudrait mieux attendre demain. Il doit déjà être couché.

Leah l'étudia avec attention. Theo semblait de nouveau très sérieux, presque sur la défensive. Son comportement était décidément une énigme. Pourquoi était-il aussi tendu ?

Retenant un soupir, elle se tourna vers la vitre et aperçut une magnifique demeure. Le portail s'ouvrit automatiquement quand ils s'engagèrent dans l'allée et son souffle se bloqua dans sa poitrine. De près, la propriété était encore plus belle.

La porte s'ouvrit et une ravissante jeune femme apparut, sa robe bleue soulignant ses formes voluptueuses.

— Qui est-ce ? s'enquit Leah.

Theo pesta à voix basse et sortit de la voiture comme

l'inconnue se dirigeait vers lui, un sourire aux lèvres. Elle ralentit néanmoins le pas en découvrant Leah.

— Angelica..., la salua-t-il en l'embrassant sur la joue. Je suis navré de ne pas avoir été là pour t'accueillir en personne.

La jeune femme lui répondit quelque chose en grec d'une voix suave.

— Leah, puis-je te présenter Angelica Galanis, une amie de la famille, reprit-il en se tournant vers elle. Angelica, voici Leah, continua-t-il en anglais.

Celle-ci attendit qu'il ajoute quelque chose, mais en vain. Le silence s'installa, devenant pesant, pendant qu'Angelica les observait avec curiosité.

Un bruit de toux attira leur attention et ils se retournèrent, tandis qu'un vieil homme, appuyé sur une canne, apparaissait à son tour sous le porche.

C'était sans doute Dimitri, songea Leah. Il était plus petit que Theo et semblait bien plus fragile, mais la ressemblance était frappante.

Le regard du vieil homme passait de Theo à Leah.

— Theodoros ?

Ce dernier prit la main de Leah pour l'entraîner vers son grand-père.

— Dimitri, je comptais le faire demain, mais permets-moi de te présenter Leah.

Comme le vieil homme se contentait de les observer, il ajouta :

— Leah est ma fiancée.

Angelica laissa échapper un petit cri de surprise pendant que Dimitri murmurait quelque chose à Theo.

Celui-ci la prit par la taille, l'attirant à lui, et le vieil homme sembla soudain s'emporter. Sa respiration devint sifflante et Theo lui parla d'une voix douce avant de crier quelque chose en grec.

Une femme âgée les rejoignit aussitôt, une domestique à en juger par son attitude. Theo s'entretint quelques minutes avec elle, puis elle entraîna Dimitri vers un long couloir.

Leah réprima une grimace. Il était évident que sa présence avait bouleversé le vieil homme.

— Mon grand-père n'a pas encore totalement récupéré de son opération, déclara Theo en la guidant vers le salon. Nous passerons du temps avec lui demain, ajouta-t-il avec un sourire, comme si la situation était normale, comme s'ils étaient un vrai couple.

— Theo, il est tard, et ce n'est visiblement pas le bon moment pour recevoir un invité, intervint Angelica en les rejoignant. Il vaudrait mieux que j'y aille.

— Reste, nous prendrons des dispositions pour ton voyage demain, répliqua Theo.

Il veillait à garder un visage impassible, mais Leah n'était pas dupe. Il était tendu. La présence d'Angelica et la réaction de Dimitri l'avaient pris au dépourvu.

— Permets-moi de m'excuser de nouveau de ne pas t'avoir accueillie en personne, mais je te remercie pour ta compréhension, continua-t-il.

Le regard d'Angelica se posa sur la bague de Leah et Theo se glissa entre elles, comme pour protéger cette dernière de la curiosité d'Angelica.

— Tu as faim, Leah ? demanda-t-il doucement.

Elle secoua la tête.

— Viens, je vais t'emmener dans tes appartements, dit-il en lui prenant la main.

Leah n'hésita pas un instant à glisser sa paume dans la sienne et il salua brièvement Angelica avant de s'éloigner. Il avait complètement oublié qu'elle venait leur rendre visite, ce qui expliquait également pourquoi Dimitri n'était pas encore couché. Il avait tenu à accueillir son invitée en personne, mais la présence de Leah l'avait bouleversé.

Theo retint un soupir. Il allait devoir lui mentir, ce dont il avait horreur, mais il fallait impérativement le convaincre que Leah le rendait heureux. Dimitri ne devait pas découvrir qu'il avait commis une telle erreur.

Discrètement, il jeta un coup d'œil à Leah. Elle semblait à la fois déprimée et complètement perdue, ce qui était parfaitement compréhensible. Il l'avait pratiquement forcée à le suivre dans un pays qu'elle ne connaissait pas et dont elle ne parlait même pas la langue. Et pour ne rien arranger, elle avait été accueillie par la femme que son grand-père espérait le voir épouser. Il y avait de quoi être déboussolé, il le savait mieux que personne. N'avait-il pas vécu une situation similaire des années plus tôt ?

À cette idée, une vague de culpabilité l'assaillit et il secoua la tête pour chasser ces sombres pensées. Hélas, l'énorme diamant ornant la bague de fiançailles lui griffa la paume, lui rappelant son manque de délicatesse quand il lui avait offert le bijou. Il avait privilégié l'honnêteté au sentimentalisme. Il fallait que Leah comprenne qu'il ne servait à rien d'entretenir de faux espoirs.

— Ce sont mes appartements, annonça-t-il en ouvrant la porte de l'aile qui lui était réservée.

Leah ne fit pas un seul geste pour entrer.

— Angelica n'est qu'une amie de la famille ? demanda-t-elle en plissant les yeux.

— J'ai oublié que Dimitri l'avait invitée pour le week-end. Sinon, j'aurais annulé, répondit-il, les dents serrées.

— C'est une occasion spéciale ?

— Je ne pense pas, non.

— Pourquoi l'a-t-il invitée ? insista-t-elle.

— À ton avis ?

Il l'entraîna à l'intérieur et referma la porte.

— Ton grand-père l'a invitée car il espère que tu accepteras de l'épouser ? dit-elle en fronçant les sourcils. Il ne te fait pas confiance ? C'est pour ça qu'il t'a choisi une épouse ?

— Il est convaincu que je ne me laisserai jamais passer la bague au doigt, répliqua-t-il. Je cherchais simplement à lui remonter le moral pendant sa convalescence. C'est l'unique raison qui m'a poussé à accepter d'accueillir Angelica pour le week-end.

— Tu n'avais donc aucune intention de te marier ?

— Les choses ont changé à présent. Tu es là.

Il traversa le couloir et la guida jusqu'à une chambre à coucher.

— Tu ne penses quand même pas que je vais partager ton lit ? s'exclama-t-elle, visiblement outrée à cette idée.

Theo l'observa avec attention. Son visage avait repris des couleurs et elle avait relevé le menton comme si elle cherchait à le défier. Elle ressemblait enfin à la jeune femme pleine de vie et de contradictions qu'il avait rencontrée à l'opéra, celle qui lui avait donné plus de plaisir qu'aucune autre femme avant elle, et celle qui l'obsédait littéralement depuis la nuit qu'ils avaient passée ensemble.

Malgré ses efforts, il n'avait jamais cessé de penser à elle ou de la désirer. L'annonce de sa grossesse surprise aurait dû le décourager ou, au moins, le convaincre de mettre de la distance entre eux, mais il n'en était rien. Et à présent, ils étaient enfin seuls…

— Est-ce pour maintenir les apparences ? insista-t-elle. Parce que tu veux que tout le monde pense que nous sommes un vrai couple ?

Theo n'osa pas répondre. Il s'efforçait simplement de ne pas perdre le contrôle de ses émotions.

— Je peux jouer ce rôle si tu veux, continua Leah en plongeant son regard dans le sien.

Ses magnifiques yeux bleus avaient pris une teinte presque violette.

— Je peux sauter sur le lit et hurler de plaisir jusqu'à ce que tout le monde m'entende. Je saurai être…

— Convaincante ? Incroyable ? la coupa-t-il, les reins en feu. Vas-y !

— Tu aimes me donner des ordres, on dirait. Tu crois vraiment que je ferai tout ce que tu veux ?

— Les appartements de mon grand-père sont dans un autre bâtiment, de l'autre côté du terrain de tennis. Et j'ai fait installer Angelica dans le pavillon des invités, de l'autre côté de la piscine. Tu peux crier autant que tu voudras.

— Dans ce cas, pourquoi dois-je partager ta chambre ? demanda-t-elle, ignorant sa dernière remarque.

— Ce n'est pas le cas. Cette aile m'appartient, Leah, et il y a plusieurs chambres.

Elle rougit, mais ne se laissa pas démonter.

— Pourquoi y en a-t-il autant ? Pour ton harem ?

Il éclata de rire, ravi qu'elle ait retrouvé le moral.

— Ne sois pas aussi mesquine, dit-il en comblant la distance qui les séparait. Nous avons dormi dans deux chambres séparées la nuit dernière et je n'ai pas l'intention de te forcer à partager mon lit. À moins que tu en aies envie, bien entendu…

— Quoi ? Non ! s'écria-t-elle, mais une étincelle de désir s'alluma néanmoins dans ses yeux.

Theo sourit intérieurement. Il n'avait pas l'intention de bouleverser son existence pour Leah. Ils allaient mener des vies séparées, mais rien ne les empêchait de prendre du bon temps ensemble.

— Tu en as envie au moins autant que moi.

— Si tu penses que je…

— Tu n'es pas une bonne menteuse, chérie. C'est toi qui me l'as dit, je te rappelle.

Incapable de se retenir plus longtemps, il lui caressa la joue.

— Theo…, murmura-t-elle sans chercher à le repousser.

Ivre de désir, il posa une pluie de baisers brûlants dans son cou.En tremblant, elle posa les mains sur son torse, non pour le repousser, mais pour l'attirer à elle.

— Non, non, non, murmura-t-il en lui mordillant son lobe d'oreille.

Il avait envie de la torturer, comme le souvenir de la nuit qu'ils avaient partagée l'avait torturé durant des semaines.

— Pas un bruit, ajouta-t-il. Si tu cries ou gémis, j'arrête.

— Qui te dit que j'ai envie que tu commences ? s'enquit-elle, le souffle court.

— Ton corps.

— Tu es tellement arrogant et…

Elle s'interrompit quand les lèvres de Theo descendirent vers le col de son T-shirt.

— Je suis peut-être arrogant, mais j'ai raison. Pas un bruit, Leah, ou j'arrête, répéta-t-il en la pressant contre lui.

Leah avait du mal à réfléchir. Il lui aurait suffi d'un mot pour qu'il arrête, mais elle n'en avait aucune envie.

Theo remonta le long de son cou et, comme il posait une myriade de baisers sur ses joues, elle ferma les yeux. Sa peau était tellement sensible.

Jurant d'une voix rauque, il la souleva et la porta jusqu'au lit. Il s'allongea sur elle et elle poussa un cri de bonheur en sentant le poids de son corps sur le sien.

— Tu n'as pas envie que je m'arrête, n'est-ce pas, Leah ?

En guise de réponse, elle avança ses hanches à la rencontre des siennes. Elle avait besoin de le sentir contre elle sans s'inquiéter des conséquences.

Theo sourit et il souleva son T-shirt pour explorer sa poitrine de ses lèvres. Un éclair de plaisir la parcourut quand sa bouche se referma sur son mamelon et elle retint un gémissement. Comment faisait-il pour avoir un tel effet sur elle ? C'était incroyable, vraiment.

Theo glissa une main dans son jean et gémit en découvrant combien elle le désirait. Leah s'en moquait. Plus rien n'avait d'importance que les merveilleuses sensations qu'il éveillait en elle. Elle avait tellement envie de lui !

— Theo…, murmura-t-elle en se mordillant les lèvres.

Elle n'avait aucune envie qu'il arrête, mais elle n'allait pas pouvoir se retenir de crier bien longtemps.

— Laisse-toi aller, ma belle. Je veux t'entendre et je veux te regarder jouir. Tu m'as manqué, ajouta-t-il d'une voix rauque.

Le cœur de Leah se mit à battre la chamade, mais Theo ne lui laissa pas le temps de répondre. Il l'embrassa avec passion comme ses doigts continuaient leur délicieuse torture, l'emmenant toujours plus haut et toujours plus loin.

— Leah !

— Oui ! hurla-t-elle comme l'orgasme l'emportait enfin.

Pantelante, elle retomba sur le matelas et ferma les yeux tandis que les mots de Theo résonnaient en elle.

Tu m'as manqué.

Cet aveu l'avait bouleversée car lui aussi il lui avait manqué. Sa façon de la toucher, de l'embrasser, mais aussi ce lien qu'elle avait ressenti lors de leur première rencontre lui avaient manqué.

Elle voulut parler et lui avouer qu'elle partageait ses sentiments, mais en fut incapable. Elle était bien trop fatiguée pour ouvrir les yeux.

Theo lui caressait doucement les cheveux et elle renonça à lutter, s'endormant presque immédiatement.

8.

Leah se frottait furieusement le corps, bien décidée à effacer toute trace des événements de la veille. La salle de bains était magnifique, mais elle était trop furieuse pour s'émerveiller d'un tel luxe.

Theo n'était plus à son côté quand elle s'était réveillée une heure plus tôt, ce qui l'avait profondément déçue. Et c'était justement là le problème. Elle avait regretté son absence.

Pinçant les lèvres, elle sortit de la douche et noua une grande serviette autour d'elle. Se séchant rapidement, elle enfila un T-shirt et un jean propres avant de se poster devant la fenêtre.

Un mouvement attira son attention, et elle aperçut Theo et Angelica installés à une table sur la terrasse. Ils formaient le couple parfait. Angelica était sophistiquée et très belle. Avec ses origines grecques, elle faisait l'épouse idéale… Contrairement à elle.

Découragée, elle envisagea un instant d'aller se recoucher avant de changer d'avis. Theo l'avait prise par la main et présentée comme sa fiancée. Si elle ne descendait pas maintenant, elle allait redevenir l'ombre d'elle-même, celle qui craignait le jugement des autres et avait renoncé à ses rêves par peur de décevoir ses parents. Son bébé méritait mieux…

Le temps qu'elle gagne le rez-de-chaussée, Angelica s'apprêtait à partir.

— Cette rencontre a été très intéressante, Leah,

déclara-t-elle avec un sourire. Je suis certaine que nous nous reverrons.

Quand Theo raccompagna Angelica jusqu'à sa voiture, Leah en profita pour se calmer. Ce n'était pas le moment de paniquer. Elle allait bientôt rencontrer Dimitri.

— Parle-moi d'elle, dit Dimitri comme Theo s'installait dans le bureau de son grand-père.

— Elle est très attentionnée, dit-il en songeant à la façon dont elle avait soutenu son amie ainsi que son frère et s'occupait des résidents de la maison de retraite où elle travaillait. Elle est enceinte, ajouta-t-il rapidement.

Comme Dimitri restait silencieux, il reprit :

— Je veux que tu l'accueilles comme il se doit. Elle est sous ma responsabilité.

Les yeux de Dimitri se remplirent de larmes, le mettant mal à l'aise.

— L'enfant est de toi ?

— Oui, répondit-il, la gorge nouée.

Il avait encore du mal à l'admettre et en parler était encore plus difficile.

— Je ne pensais pas que…

Il s'interrompit un instant avant de continuer.

— C'est très bien, Theo.

Ce dernier faillit s'étrangler. Il avait sûrement mal compris.

— Elle porte mon arrière-petit-fils, expliqua Dimitri d'une voix vibrante de fierté.

Theo n'arrivait pas à s'imaginer père, mais il ne put s'empêcher de taquiner son grand-père.

— Ou ton arrière-petite-fille.

— C'est merveilleux, commenta Dimitri avec bonne humeur. Prends bien soin d'elle.

Theo n'y comprenait plus rien. Pourquoi Dimitri ne cherchait-il pas à en savoir plus sur sa relation avec Leah ? Ne souhaitait-il pas en apprendre davantage, ou bien s'en moquait-il tout simplement ?

Blessé, Theo repoussa l'image de Dimitri penché sur un nourrisson confortablement installé dans les bras de Leah. Il avait l'impression de perdre pied. Un seul pas de travers et tout pouvait s'effondrer. Il devait se montrer prudent.

Theo retint un juron en découvrant Leah, debout au bord de la piscine. Elle semblait fatiguée tant physiquement qu'émotionnellement. Il n'aurait pas dû profiter de sa confusion et de sa colère pour satisfaire ses propres désirs. Il avait eu envie, besoin même, de se perdre en elle. Et ce n'était que lorsqu'elle s'était endormie dans ses bras, épuisée par son orgasme, qu'il avait réussi à reprendre le contrôle de ses émotions et avait été assailli par la culpabilité.

Il devait se concentrer sur leur mariage. Une fois les détails réglés, ils pourraient se détendre et réfléchir à leur avenir plus sereinement. Jusque-là, il allait devoir se contenir.

— Tu as bien dormi ? s'enquit-il en la rejoignant.

— Très bien, merci, répondit-elle en relevant le menton comme pour le défier. Ne t'inquiète pas, j'ai compris que tu cherchais uniquement à m'aider à me détendre. Je t'en remercie, ajouta-t-elle après un instant, mais à l'avenir je me contenterai d'un verre de lait chaud.

Plissant les yeux, il étudia son visage, mais Leah ne se détourna pas. À la voir aussi froide et distante, il n'eut plus qu'une envie : lui prouver qu'elle le désirait au moins autant qu'il la désirait.

Les reins en feu, il s'efforça pourtant de recouvrer son sang-froid. Il n'avait jamais été l'esclave de ses émotions et il n'avait pas l'intention de commencer aujourd'hui.

— Il faut que j'aille à Athènes.

— Aujourd'hui ?

— J'ai pris un jour de congé en Angleterre. Il faut que je rattrape le temps perdu.

Il avait toujours été doué pour faire ce qu'il fallait et s'éloigner d'elle en faisait partie. Elle avait déjà payé le prix du désir qu'elle lui inspirait et il ne pouvait se permettre de reprendre un tel risque.

— Tu as pris tant de retard ?

— Je serai revenu pour le dîner.

— Que veux-tu que je fasse pendant ton absence ? demanda-t-elle dans un souffle.

— Repose-toi, Leah, tu en as besoin.

Après le mariage, il l'emmènerait sur l'île afin de lui prouver que leur vie n'allait pas être aussi horrible que ce qu'elle s'imaginait.

— J'en ai besoin ? répéta-t-elle d'une voix aiguë.

— Va prendre un verre de lait chaud et détends-toi, ajouta-t-il, incapable de s'en empêcher avant de tourner les talons.

Leah pinça les lèvres en retournant à l'intérieur. Comment était-elle censée se détendre ? Et surtout, qu'était-elle censée faire de son temps ?

Elle ne connaissait personne mis à part Theo qui restait une énigme. Quant à son grand-père, il ne s'était pas montré depuis la veille et elle ignorait s'il parlait anglais. Une chose était certaine : elle ne parlait pas un mot de grec.

Résignée, elle décida d'aller chercher ses affaires de tricot. Travailler avec de la laine sous cette chaleur était sans doute une idée étrange, mais cette activité l'avait toujours détendue.

Traversant le couloir, elle en profita pour observer les portraits qui y trônaient. Il y avait une photo du mariage de Dimitri et de son épouse et une autre de celle-ci où elle était seule. Elle avait dû être prise quelques années plus tard, car elle semblait plus âgée. Il y avait également un homme jeune qui devait être le père de Theo.

Sa curiosité piquée, Leah étudia avec attention le reste des photographies, mais il n'y en avait aucune de son mariage ou de son épouse. Theo n'avait d'ailleurs pas mentionné sa mère quand il avait expliqué s'être installé chez son grand-père. Que lui était-il arrivé ?

De retour dans sa chambre, elle s'installa dans un fauteuil et commença à tricoter. Personne ne vint la déranger à l'exception d'une employée qui lui amena un plateau-repas. Pourtant, plus le temps passait, plus elle se sentait tendue. À quelle heure allait rentrer Theo ? Il fallait impérativement qu'elle lui parle car elle n'allait pas passer toutes ses journées ainsi.

En fin d'après-midi, le téléphone sonna enfin. C'était lui !

— Je ne serai pas là pour le dîner, dit-il dès qu'elle décrocha. Ne m'attends pas.

Le ton de sa voix, à la fois froid et autoritaire, la surprit autant qu'il la blessa. Comment pouvait-il se montrer aussi distant après tout ce qui s'était passé ?

Après une brève conversation avec une domestique, elle se réfugia une fois de plus dans sa chambre. Elle y dîna seule devant la télévision.

Zappant distraitement, elle s'arrêta sur une chaîne en découvrant une silhouette familière. Un homme de haute taille et vêtu d'un costume sans doute hors de prix était entouré d'une horde de magnifiques jeunes femmes.

L'estomac de Leah se noua. Theo était à une fête ? Sa définition du travail était de boire du champagne entouré de son harem personnel ?

Ivre de rage, elle envisagea de l'appeler avant de renoncer. Il n'allait probablement pas décrocher. Non, il valait mieux attendre qu'il rentre pour lui parler. Hélas, épuisée par la journée, elle s'endormit.

Le lendemain matin, elle descendit, s'attendant à trouver Theo installé à la table du petit déjeuner, mais il n'y avait personne. Déçue, elle demanda à une employée où il se trouvait, mais celle-ci lui répondit qu'il était à son bureau.

Leah fronça les sourcils en comprenant que non seulement il n'était pas rentré, mais qu'il n'avait pas non plus pris la peine de la prévenir. Blessée par ce manque de considération, elle se réfugia dans sa chambre.

Comme la journée s'écoulait, son chagrin se mua en colère. Était-ce ainsi qu'il envisageait leur relation ? Lui qui s'était montré si prévenant lors de leur arrivée ne semblait plus du tout se préoccuper d'elle ou de ses sentiments.

Des bruits de pas attirèrent son attention et elle se redressa comme Theo ouvrait la porte.

— C'est gentil à toi de passer me voir, déclara-t-elle froidement.

— Je t'ai dit que j'avais du travail, répliqua-t-il en s'appuyant au chambranle tout en l'observant. J'ai fini tard et j'ai décidé de rester en ville.

— Tu me prends vraiment pour une idiote, n'est-ce pas ?

— Qu'est-ce qui te fait dire ça ?

— Tu ne travaillais pas hier soir. Tu étais à une fête.

— Ce n'était pas vraiment une fête, mais plutôt l'inauguration d'un nouveau yacht.

— C'est donc comme ça que les choses vont se passer ? Tu vas me mentir ou plutôt omettre des informations ? corrigea-t-elle, sarcastique. C'est ainsi que tu traites ton grand-père, sous prétexte que tu ne veux pas le blesser ?

Les sourcils froncés, Theo entra dans la pièce, fermant la porte derrière lui.

— Je ne te mens pas. Je ne t'ai jamais menti, ajouta-t-il en s'approchant d'elle.

— Non, tu as simplement l'intention de prétendre que je n'existe pas, répliqua-t-elle en se levant d'un bond pour se réfugier derrière le fauteuil. C'est pour ça que tu refuses de m'impliquer dans ta vie. Tu as décidé de m'enfermer ici.

— Leah…

— N'essaie pas de me faire croire que tu cherches à me protéger. Pourquoi refuses-tu de me dire la vérité ?

— C'est ce que je fais. Je suis le président d'une des plus grandes banques privées du monde et nous avons plusieurs filiales ayant des intérêts dans divers secteurs. Une partie de mon travail consiste à me rendre à ce genre d'événements pour rencontrer les clients et les investisseurs potentiels.

— C'est pour ça que tu ne voulais pas que je t'accompagne ? Tu craignais que je nuise à la réputation de ta famille ou de ta précieuse banque ?

— Tu aurais aimé m'accompagner ? s'enquit-il, visiblement surpris. Ce n'est pas une bonne idée. Tu es épuisée et tu ne parles même pas le grec et tu ne…

— Je ferais tache, c'est ça ?

— Et tu n'as pas l'habitude de fréquenter ces gens, continua-t-il comme si elle n'avait rien dit. Nous avons besoin de temps, Leah.

— *Nous* avons besoin de temps ? répéta-t-elle d'une voix aiguë. Tu ne nous laisses pas le temps de faire quoi que ce soit, Theo. Tu utilises ton travail comme excuse pour m'éviter et pour éviter ton grand-père. Je ne suis peut-être pas capable de négocier des accords de plusieurs millions, mais il ne faut pas être un génie pour assister à une fête ou pour discuter avec les autres invités. Pourquoi n'as-tu même pas pris la peine de me demander de t'accompagner ?

— J'aurais peut-être dû, c'est vrai.

— Peut-être ? Tu veux simplement me cacher sur ton île prison !

— Ce n'est pas une prison, dit-il, visiblement amusé.

— Tu ne veux pas que l'on me voie, mais j'ai l'habitude d'être jugée sur mon physique, poursuivit-elle en s'efforçant d'ignorer sa réaction. Je m'en moque.

— Pourquoi penses-tu que quiconque te critiquerait ? l'interrogea-t-il, les sourcils froncés.

— Je te l'ai déjà dit : je me moque de ce qu'ils peuvent penser, mais je refuse de rester cachée sur cette île comme un secret honteux. Et surtout pas par l'homme que je vais épouser, ajouta-t-elle dans un souffle.

Il était hors de question qu'il la traite comme si elle ne valait rien. Elle avait supporté ce genre de traitement bien trop longtemps déjà.

— Tu penses vraiment que je ferais une chose pareille ? Leah, je ne chercherai jamais à t'humilier durant notre mariage, assura-t-il en plongeant ses yeux dans les siens. Je te serai fidèle et loyal.

Leah retint un soupir. Ce n'était pas suffisant.

— Combien de propriétés possèdes-tu ?

— Quelle importance ?

— Où sont-elles ? insista-t-elle. Une autre destination me conviendrait peut-être mieux ? À Paris ? À New York ? J'adorerais vivre à Manhattan.

— Je veux que tu restes à moins de trente minutes de vol de moi, répliqua-t-il, l'air sombre.

— Trente minutes ?

— Je souhaite simplement te protéger et protéger cet enfant, déclara-t-il après un instant.

— De quoi ? Athènes est donc si horrible que tu préfères que je reste prisonnière sur cette île ?

— Tu as besoin d'intimité et de paix.

— Dis plutôt que *tu* as besoin d'intimité et de paix, corrigea-t-elle, irritée. Tu as sans doute l'intention de venir pour le week-end, et jouer les types sympas avant de disparaître.

— Jouer les types sympas ? répéta-t-il, incrédule. Tu ne comprends pas, Leah. Il faut que Dimitri pense que je suis heureux. Tant qu'il vivra, toi et moi allons devoir faire des efforts.

— Il n'est pas idiot. Il comprendra rapidement que nous ne sommes pas heureux si nous menons des vies séparées.

— Il le comprendra d'autant plus vite si nous passons trop de temps ensemble. Personne ne pourrait jouer la comédie aussi longtemps.

Le cœur de Leah se serra douloureusement. Theo était convaincu qu'ils ne pouvaient pas être heureux ensemble. Ne comprenait-il pas que ce lien qu'ils partageaient pouvait se transformer en quelque chose d'autre s'il le souhaitait vraiment ?

— Je viendrai te voir durant le week-end et, le reste du temps, nous pourrons tous deux nous détendre. Tu pourras te reposer.

— Qui te dit que j'ai envie de me reposer ? explosa-t-elle. J'ai envie de vivre une vie normale !

— Tu le pourras, dit-il en s'écartant. Je t'assure que je ne cherche pas à cacher ton existence.

— Alors pourquoi m'as-tu amenée ici avant de m'abandonner à mon sort ?

— J'ai…

Il s'interrompit et se passa une main dans les cheveux.

— J'ai besoin d'un peu de temps pour digérer tout ça, ajouta-t-il enfin.

— Et moi pas ? Pourquoi ne pas le faire ensemble, Theo ? Je ne veux pas que quelqu'un prenne toutes les décisions pour moi, poursuivit-elle dans l'espoir de le convaincre. Ça me donne l'impression que je ne vaux rien.

— Ce n'était pas mon intention. Tu attends davantage de moi ?

— Je veux simplement que tu me parles et que nous prenions les décisions ensemble.

— Très bien…, soupira-t-il en lui caressant doucement la joue. Leah…

Elle se laissa faire tout en se reprochant son manque de volonté.

— N'utilise pas mon point faible pour me distraire.

— *Ton* point faible ?

— J'ai dit que j'en voulais davantage de toi, mais ce n'est pas de cela que je parlais.

— Tu penses vraiment que tu es la seule à vouloir ceci ? demanda-t-il d'une voix rauque. Je ne peux malheureusement pas être le mari dont tu as besoin.

— Qu'est-ce qui te fait croire ça ? l'interrogea-t-elle en plongeant son regard dans le sien.

Theo se raidit, mais son visage demeura imperturbable.

— Tu es un homme bien, Theo. Je sais que je peux compter sur toi. Et je te crois quand tu affirmes que tu me resteras fidèle. N'est-ce pas là ce que l'on attend d'un mari ?

— Je ne pourrai jamais t'aimer, Leah, dit-il d'une voix étranglée. Je ne pourrai jamais aimer personne, reprit-il en plongeant son regard dans le sien comme pour lui demander pardon.

— Tu aimes ton grand-père, Theo.

— Je lui dois tout, répliqua-t-il avant de s'écarter. Je suis navré, Leah.

9.

Après avoir pris son petit déjeuner seule, Leah regagna sa chambre et y découvrit la gouvernante pliant ses vêtements avec soin.

— Merci, dit timidement Leah. Nous n'avons pas été présentées, je m'appelle Leah.

— Amalia, répondit la jeune femme avant de reporter son attention sur le cardigan qu'elle tenait toujours.

Leah ne put retenir un sourire.

— Vous tricotez ?

L'expression d'Amalia s'adoucit aussitôt.

— Je travaille la dentelle.

— Oh ! J'adorerais vous regarder travailler si…

Elle s'interrompit, gênée. Elle n'était peut-être pas censée discuter ainsi avec les employés ?

Loin de s'en offusquer, Amalia lui sourit.

— C'est vous qui avez fait ça ?

— Oui. Je tricote beaucoup, ça me détend. Ça ne me sera probablement pas très utile ici. Il fait si chaud.

— Il peut faire très froid, répliqua la gouvernante avec un grand sourire.

— Vraiment ?

— Il arrive même qu'il neige à Athènes.

Leah écarquilla les yeux et sa réaction amusa tant Amalia qu'elle éclata de rire.

— J'ai besoin de m'acheter des vêtements, reprit Leah, encouragée. Vous voulez bien m'accompagner ? Je vais avoir besoin d'aide…

— Vous voulez que j'aille faire du shopping avec vous ?

— Oui. Je ne sais pas du tout où aller, ajouta-t-elle dans l'espoir de convaincre la gouvernante. Ni quoi m'acheter.

— Bien sûr, répondit Amalia, visiblement ravie.

— Je vous remercie, murmura Leah, enfin soulagée. Il me faudra également une robe de mariée.

— Vous ne voulez pas la faire vous-même ? s'enquit Amalia.

— J'adorerais, mais je n'aurai pas assez de temps, déclara Leah, sincère.

— Je pourrais vous aider. J'ai de la dentelle…

— Vous feriez ça ?

— Bien sûr que oui, dit Amalia. Vous allez devenir la femme de Theodoros.

Leah l'observa avec attention. Amalia semblait fière de travailler pour Theo. Elle tenait visiblement à lui.

— Vous le connaissez bien ? demanda-t-elle en s'efforçant de ne pas paraître trop curieuse.

— Je travaille pour Dimitri depuis des années, tout comme mon mari, expliqua Amalia.

— Vraiment ?

Amalia hocha la tête en souriant.

— Et mes fils en ont fait autant avant de quitter l'île pour aller à l'université.

— Vous étiez donc déjà là quand Theo est arrivé ?

— Oui, dit Amalia. Il était sur la réserve, au début. Il ne connaissait pas bien le grec, mais il a très vite fait des progrès. Il a travaillé dur, ajouta-t-elle avec un sourire. Il a toujours travaillé très dur. Je peux prévenir le chauffeur si vous voulez ?

— Je vous remercie.

Une dizaine de minutes plus tard, Leah descendit et découvrit Dimitri installé dans le salon.

— Amalia vous emmène faire du shopping ? demanda-t-il sans même la saluer.

— Oui, répondit-elle en se précipitant pour ajuster un coussin dans son dos.

— Vous avez l'intention de dépenser de l'argent ? demanda-t-il avec méfiance.

Elle s'efforça de ne pas se laisser impressionner.

— En effet, j'ai besoin d'une tenue adaptée pour rencontrer les partenaires de Theo. Je ne veux pas lui faire honte.

Son aveu ne sembla pas rassurer Dimitri pour autant.

— Vous pensez que j'en ai après sa fortune ? ajouta-t-elle.

— Ce n'est pas le cas ?

— Non. Si je suis là, c'est parce que Theo a insisté pour que je m'installe ici, déclara-t-elle en s'installant face à Dimitri. Je ne connais pas du tout Athènes. Je n'avais même jamais mis les pieds en Grèce. Je suis navrée que vous n'ayez pas été prévenu de mon arrivée, mais je sais que nous voulons tous les deux que Theo soit heureux. Je porte son enfant et je veux ce qu'il y a de mieux pour lui, mais je vais avoir besoin d'aide.

L'expression de Dimitri s'adoucit enfin comme elle continuait.

— Je ne parle même pas le grec. Vous croyez qu'Amalia pourrait m'aider à trouver un professeur ?

— Vous voulez apprendre le grec ? s'enquit-il, visiblement surpris.

— Bien sûr.

Si elle devait vivre dans ce pays, elle devait impérativement en apprendre la langue.

— Ça risque de prendre du temps, avoua-t-elle. Je n'ai jamais été très douée pour les études.

— Je vous aiderai.

— Vraiment ? Merci infiniment.

— Merci. *Efkaristo*, répondit-il avant de la regarder comme s'il attendait quelque chose.

— Vous voulez dire que vous allez m'aider ?

— Merci, *Efkaristo*, répéta-t-il.

— *Efkaristo* ?

— Oui, *Ne*.

Frappant des mains, il appela Amalia.

— À partir de maintenant, vous lui parlerez uniquement en grec.

— *Ne*, Dimitri, répondit-elle avec un sourire avant de faire signe à Leah de la suivre.

Trois heures plus tard, le portable de Leah sonna comme elle essayait une énième blouse.

— Veux-tu m'accompagner à une exposition ce soir ?

— Pardon ?

— Un chauffeur viendra te chercher à 19 heures, si tu en as envie, bien entendu, ajouta-t-il, et elle put presque l'entendre sourire. Je fais des efforts : je te demande ton avis au lieu de te donner des ordres.

— D'accord, répondit-elle, son cœur battant la chamade.

Theo l'avait entendue. Tout espoir n'était peut-être pas perdu.

— J'ai des réunions tout l'après-midi, et je te retrouverai là-bas.

— Je ne porterai pas de robe, Theo.

— Moi non plus, répliqua-t-il avant d'éclater de rire. Tu seras prête à temps ?

— Oui.

Le soir venu, Leah contemplait les lumières de la ville comme le chauffeur la conduisait dans le centre d'Athènes.

— Parfait ! Il faut que…

Comme Theo l'accueillait à sa descente de voiture, il s'interrompit, les yeux rivés sur elle.

— Quoi ?

— Il faut que nous entrions.

— Ça devrait être dans mes cordes, répliqua-t-elle avec un sourire. Tu viens ?

— Du rouge, Leah, vraiment ? l'interrogea-t-il d'une voix rauque.

— Je n'aurais pas dû ?

— Tu n'as pas besoin de ma permission, ni de mon approbation, répondit-il avec un sourire.

— J'aimerais peut-être l'obtenir…

— Je ne te donnerai pas mon approbation, Leah, dit-il en la prenant par la main. Ce que je ressens pour toi va bien au-delà de ça. C'est quelque chose de puissant, d'inattendu et d'irrésistible. Qui t'a maquillée ?

— Je me suis débrouillée toute seule.

— Tu es douée.

— Ma mère n'approuvait pas, mais je ne l'ai pas écoutée. Je me maquillais en secret quand j'en avais envie.

— Que faisais-tu d'autre en secret ?

En guise de réponse, elle sourit et haussa les épaules.

— Je suis ravie que tu ne cherches plus à te cacher, déclara-t-il, visiblement sincère. Il est temps que le reste du monde te voie telle que tu es vraiment.

— Ce ne sera pas difficile… Tout le monde me regarde.

— Qu'est-ce qui te fait croire que c'est toi qu'ils regardent ? C'est moi qui les intéresse, ajouta-t-il avec arrogance.

— Tu n'as pas tort, concéda-t-elle, amusée.

— Ce n'est pas vrai, reprit-il en plongeant son regard dans le sien. Ils te regardent parce que tu es magnifique.

Son cœur se mit à battre la chamade comme Theo passait un bras autour de ses épaules.

— Qu'est-ce que tu fais ?

— C'est bien toi qui souhaitais que je te traite comme ma fiancée, non ? C'est ce que je fais, continua-t-il en posant un baiser sur sa joue. Si tu veux, je pourrai t'embrasser plus souvent.

— Tu n'oserais jamais ! Ton grand-père n'approuverait pas ce genre de comportement.

— Tu me crois trop coincé pour me montrer affectueux ?

— Je pense que tu es conscient de ta position et que tu adaptes ton comportement en fonction des gens qui t'entourent, répondit-elle prudemment.

— Ce n'est pas le cas de tout le monde ? s'enquit-il en

haussant les sourcils. Si mes souvenirs sont bons, on appelle ça les bonnes manières.

— La plupart des gens continuent pourtant à faire ce qu'ils veulent, insista-t-elle en secouant la tête. Ils pensent d'abord à eux, mais je ne suis pas sûre que ce soit ton cas.

— Tu t'attends vraiment à ce que je fasse ce que je veux, peu importe les conséquences ? demanda-t-il, incrédule.

— En serais-tu capable ?

En guise de réponse, il l'attira à lui et l'embrassa avec passion.

— C'est toi qui l'as cherché, déclara-t-il avec un sourire en voyant l'expression de son visage.

— Je suis certaine que ça faisait partie de ton plan, dit-elle en secouant la tête. Tu te moques de moi.

— Si je faisais réellement ce dont j'ai envie, nous serions arrêtés, murmura-t-il à son oreille, la faisant frissonner. Comme tu l'as constaté, j'ai un petit problème… Si tu restes contre moi, je n'arriverai jamais à me calmer, mais si tu t'écartes, tout le monde comprendra à quel point je te désire.

— Tu appelles ça un « petit problème » ?

— Heureusement que tu portes un pantalon, continua-t-il comme si elle n'avait rien dit. Si tu avais été en robe, je t'aurais déjà poussée contre ce piano.

Quand Leah laissa échapper un petit cri étranglé, il sourit.

— Désolé, me serais-je montré trop direct ? Tu n'as aucune idée de l'effet que tu me fais, poursuivit-il en retrouvant son sérieux.

Elle s'efforça d'ignorer son aveu.

— Tu as du rouge à lèvres ici.

— Tu n'as qu'à t'en occuper.

— Theo Savas !

Une voix masculine la fit sursauter, et le visage de Theo reprit une expression impassible.

— Vous ne pouvez pas vous cacher dans un coin toute la soirée ! déclara l'homme avant de remarquer la présence de Leah. Et vous êtes ?

— Leah Turner, ma fiancée, expliqua Theo.

— Ces folles rumeurs étaient donc fondées, dit l'inconnu en écarquillant les yeux.

— Elles le sont et elles n'ont rien de folles, rétorqua-t-il froidement.

Sans plus chercher à se montrer courtois, l'homme se mit à parler en grec, et Leah en profita pour s'éloigner afin d'observer un tableau.

Elle avait à peine fait quelques pas qu'une magnifique jeune femme la rejoignit pour entamer la conversation.

Après s'être débarrassé de son interlocuteur, Theo prit quelques instants pour observer Leah. Elle était tout simplement époustouflante. Son pantalon en soie noire, si différent de ce qu'elle portait d'ordinaire, mettait ses fesses rondes en valeur. Quant à sa blouse d'un rouge écarlate, elle était décolletée dans le dos, dévoilant sa peau soyeuse, mais cachait son petit ventre rebondi. Personne ne pouvait se douter qu'elle était enceinte, ce qui lui convenait parfaitement. Il n'était pas encore prêt à l'annoncer au reste du monde.

Lentement, ses yeux remontèrent sur le corps de Leah, s'arrêtant sur son visage et ses lèvres si tentantes. Il n'aurait pas dû l'embrasser. Ce baiser, loin de le satisfaire, lui avait donné envie de la toucher de nouveau et de lui faire l'amour. Il la désirait tant qu'il avait du mal à respirer et il était évident que Leah partageait son trouble. Mais, avec un peu de chance, ce feu qu'elle avait allumé en lui allait finir par s'éteindre de lui-même.

Avisant soudain qu'un autre invité la fixait avec attention, Theo fronça les sourcils. Sans dire un mot, il se plaça à côté de Leah, écoutant distraitement la conversation tout en lançant un regard noir à l'homme qui l'observait toujours.

— Ça ne te dérangerait pas trop qu'on s'en aille, Leah ? finit-il par lui suggérer.

Elle acquiesça, visiblement soulagée, et il la ramena à la voiture qui les attendait pour les conduire à la villa d'Athènes.

— Tu t'es bien amusée ? demanda-t-il comme elle étouffait un bâillement.

— Ce n'était pas aussi horrible que je le croyais. Tes amis ne sont pas si effrayants, en fin de compte.

— Ce ne sont pas tous mes amis, dit-il, soudain inquiet.

— Tes rivaux, dans ce cas, à moins qu'il s'agisse de tes ennemis ? le taquina-t-elle. Aucun d'eux ne pourrait te faire le moindre mal.

— Tu le penses vraiment ? s'enquit-il, blessé par sa remarque. Tu crois que je ne ressens rien, comme si j'étais une sorte de robot ?

Sa réaction était ridicule, mais il ne pouvait pas s'en empêcher. Il avait pourtant tenté de la convaincre qu'il était incapable d'aimer qui que ce soit.

— Je sais que tu as été blessé. J'ignore simplement ce qui t'est arrivé.

Il resta un instant silencieux avant de reprendre :

— Ils pourraient te faire souffrir.

— Tu t'inquiètes donc pour moi. C'est inutile. Leurs remarques ne peuvent pas m'atteindre. Tu ne me crois pas ? ajouta-t-elle en fronçant les sourcils.

— Ma mère a éprouvé des difficultés à s'intégrer à cette société, expliqua-t-il. Mon père l'a rencontrée lors d'un de ses voyages aux États-Unis, et elle ne parlait pas un mot de grec. Moi non plus jusqu'à ce que je vienne vivre avec Dimitri. En fait, mon père a mis plusieurs années avant de nous ramener en Grèce, et quand il l'a enfin fait, il découchait pratiquement toutes les nuits.

Il n'avait que dix ans quand il avait découvert que sa mère passait ses soirées à boire pour oublier l'humiliation et la douleur de voir son mari quitter une fête en compagnie d'une autre femme.

— Ils devaient être très malheureux, commenta Leah. Dimitri était-il au courant ?

— Dimitri a perdu son fils unique, et il a rejeté la faute sur ma mère, répondit-il d'une voix éteinte.

10.

Theo se tourna vers la portière et Leah s'aperçut que la voiture s'était arrêtée devant une magnifique villa située au cœur d'un quartier huppé.

— Nous ne retournons pas sur l'île ?

— Cette villa m'appartient, dit-il en l'invitant à l'intérieur.

— C'est ici que tu as dormi la nuit dernière ? demanda-t-elle en laissant son regard se promener sur le plancher en chêne et l'escalier en marbre. C'est donc ici que tu ramènes tes maîtresses à l'insu de ton grand-père ?

— Je ne souhaitais pas le choquer, répondit-il avec l'ombre d'un sourire.

— Dis plutôt que tu craignais de lui donner de faux espoirs. Qu'est-ce qui te fait croire que j'ai envie de rester ici ? ajouta-t-elle en évitant son regard.

Il combla la distance qui les séparait.

— Leah, tu vas devenir ma femme. Je n'ai couché avec personne d'autre depuis que je te connais et je n'ai pas l'intention de te tromper avec qui que ce soit.

Leah s'efforça de calmer les battements désordonnés de son cœur, mais en vain. Plus Theo s'approchait, moins elle songeait aux femmes qui avaient partagé son lit. Elles n'avaient plus d'importance, n'en avaient probablement jamais eu. Theo ne les avait pas aimées.

— Est-ce que ça va ? demanda-t-il, visiblement inquiet.

— J'ai un peu mal à la tête.

— Dans ce cas, tu devrais boire un peu d'eau.

Il l'entraîna dans la cuisine et s'appuya contre le plan de travail pour l'observer.

— Tu aurais dû devenir mannequin, reprit-il soudain. Tu aurais fait fortune.

— D'après toi, j'aurais dû mettre mes atouts – si tant est que je puisse les appeler ainsi – en valeur ? demanda-t-elle en riant.

— Ne me dis pas que tu n'y as jamais pensé ou que tu n'as jamais été approchée par un agent ?

— Mes parents me l'ont interdit.

— J'aurais dû m'en douter, dit-il avec une grimace. Tu portes souvent du noir. Cette couleur ne semble pourtant pas correspondre à ta personnalité.

— J'ai fini par renoncer à défier mes parents, et je me suis résignée à porter des tenues « correctes ».

— Tu ne seras jamais invisible, Leah, quoi que tu portes.

Elle avait pourtant passé sa vie entière à essayer de l'être.

— Pas ce soir, non, dit-elle en baissant les yeux sur sa blouse. Ça veut dire que tu aimes ce que je porte ?

— Tu devrais uniquement suivre tes envies en matière de vêtements ou de maquillage. Sois une ombre, la lune ou le soleil, peu importe, mais sois toi-même. C'est tout ce qui compte.

Elle sourit et une étrange lueur s'alluma dans les yeux de Theo.

— Pourquoi m'as-tu dit oui cette nuit-là ?

— Tu veux que je flatte ton ego ?

— Non, je cherche simplement à comprendre, répliqua-t-il d'un air sérieux. Pourquoi moi ? Pourquoi cette nuit-là et pas une autre en compagnie d'un autre homme ?

— Il n'y a jamais eu d'autre homme ou d'autre nuit.

— Je ne te crois pas.

— As-tu oublié que tu étais ma première fois ? demanda-t-elle, les joues rouges.

— Je ne l'oublierai jamais, mais je suis certain que tu as eu d'autres opportunités avant moi.

— C'est très gentil à toi de dire ça, mais tu te trompes.

— Menteuse !

Elle soupira.

— Très bien, tu as gagné. Un type m'a invitée, mais il ne s'intéressait pas vraiment à moi. Il souhaitait simplement rejoindre l'équipe de chercheurs de ma mère.

— Il a tenté de se servir de toi pour se rapprocher de tes parents ?

Leah hocha la tête.

— Je travaillais comme assistante dans leur laboratoire parce que je n'ai pas terminé mes études.

— Parce que tu n'avais pas envie de terminer tes études, la corrigea-t-il.

— On est vraiment prêt à tout pour obtenir l'approbation de nos parents, n'est-ce pas ? dit-elle en secouant la tête. Tu souhaites m'épouser pour rassurer ton grand-père…

— Ce n'est pas la même chose, répondit-il, visiblement vexé.

— Vraiment ?

— Personne ne m'a forcé à coucher avec toi. Je l'ai fait parce que je te désirais, ajouta-t-il en plongeant son regard dans le sien. Et je te désire toujours autant. Tu as perdu toute confiance en toi à cause de tes parents. Ils n'auraient jamais dû…

— Comment aurais-je pu les en empêcher ? Je n'ai jamais été à la hauteur de leurs attentes. Mes notes n'étaient jamais assez bonnes, j'étais trop grande, trop maigre, trop différente. J'ai essayé de faire de mon mieux parce que je voulais qu'ils m'aiment, lâcha-t-elle avec une grimace. Et tu n'es pas si différent de moi. Tu travailles comme un fou pour protéger tous ceux dont tu te sens responsable. Tu ne supporterais pas de leur faire du mal comme tu ne supportes pas d'être blessé.

Il plissa les yeux, mais resta silencieux.

— Qu'est-ce qui te pousse à agir ainsi, Theo ? Tu as vu souffrir quelqu'un que tu aimais, je le sais. Ce n'est pas ton grand-père qui est solide et n'est tombé malade que récemment. C'est plus ancien que ça, poursuivit-elle en l'observant avec attention. Qui n'as-tu pas réussi à sauver ? Était-ce ta mère ?

— Tu exagères. Je ne cherche pas à protéger qui que ce soit.

— Même pas ceux qui comptent vraiment pour toi ? Tu ne crois pas plutôt que tu repousses ceux qui t'entourent parce que tu as été blessé ? Pourquoi es-tu venu vivre avec Dimitri ? reprit-elle après un instant d'hésitation. Que lui est-il arrivé ?

Theo soupira et s'écarta. Ce n'était pas ainsi que la soirée était censée se passer. Il avait eu l'intention de terminer ce qu'ils avaient commencé un peu plus tôt et non d'aborder des sujets aussi sensibles…

— Parle-moi, Theo, insista-t-elle. Je t'écouterai sans porter de jugement. Je te le promets.

Theo retint un juron. Il ne s'était jamais confié à qui que ce soit, mais Leah s'inquiétait vraiment pour lui. Elle méritait de connaître la vérité, ou au moins une partie de la vérité. C'était la seule solution pour qu'elle comprenne pourquoi il ne pourrait jamais lui donner tout ce qu'elle méritait.

— Mes parents ont eu une liaison qui a débouché sur un mariage.

— Ta mère était enceinte ? demanda-t-elle d'une voix blanche.

— De moi, oui.

— Et tu es fils unique ?

— En effet.

Leah pâlit. Elle avait sans doute noté les similarités entre leur situation et celles de ses parents…

— Ils étaient malheureux. Ils se battaient sans cesse, ont eu des liaisons, ajouta-t-il en secouant la tête. Mon père a fini par mourir dans un accident de voiture et ma mère m'a envoyé vivre avec Dimitri. Je n'ai pas l'intention de répéter leurs erreurs, Leah. Nous n'en arriverons pas là.

— Est-ce pour ça que tu m'as envoyée sur l'île ?

— Sur le moment, ça m'a semblé être une bonne idée, répondit-il en haussant les épaules. Nous pouvons trouver un autre arrangement, si tu veux.

— Tu n'as pas l'intention de me renvoyer là-bas dès que nous serons mariés ? s'enquit-elle, surprise.

— Non.

Soulagée, Leah l'observa avec attention. Elle avait encore de nombreuses questions à lui poser, mais il valait mieux renoncer. Il était évident que son passé le faisait souffrir, même s'il cherchait à le cacher. Elle aurait tant aimé pouvoir lui tendre la main en lui disant combien elle était désolée pour lui, mais elle ne pouvait s'y résoudre. Theo n'avait visiblement aucune envie de se confier davantage.

— La cérémonie doit-elle avoir lieu à la mairie ? demanda-t-elle pour changer de sujet.

— J'ai reçu une autorisation pour l'organiser sur le domaine.

— Il n'y aura donc pas beaucoup d'invités ?

— Dimitri sera là, ainsi que mon équipe de sécurité. Je suis désolé que ta famille ne puisse pas faire le déplacement.

— Je regrette qu'Oliver ne puisse pas venir, mais ce sera plus amusant sans mes parents. On pourrait se marier en pyjama juste avant le petit déjeuner, ajouta-t-elle pour alléger l'atmosphère.

— Dimitri n'approuverait pas.

— Et il ne faut surtout pas le décevoir. J'avais oublié que tout tournait autour de lui.

— Oh ! je vois que la véritable Leah est de retour ! Tes sarcasmes m'avaient manqué, ajouta-t-il avec un sourire. Tu as une robe ?

— Je croyais que la cérémonie aurait lieu en petit comité.

— Je serai présent, répliqua-t-il en feignant l'indignation.

— C'est vrai, commenta-t-elle, ravie de le voir se détendre enfin. Je te préviens, je ne porterai plus jamais de robe après ça.

— Détestes-tu tes jambes ? s'enquit-il en comblant la

distance qui les séparait. Tu n'imagines pas combien je les aime.

Le cœur de Leah se mit à battre la chamade. Comment faisait-il pour avoir un tel effet sur elle ? C'était à n'y rien comprendre, vraiment.

— Theo…

— Elles sont magnifiques et plus athlétiques qu'elles en ont l'air, la coupa-t-il. Je deviens fou quand tu les noues autour de ma taille pour mieux me retenir.

— On dirait que tu parles d'une araignée, répliqua-t-elle en s'écartant.

— Arrête de refuser mes compliments.

— C'était un compliment ? Je n'avais pas remarqué. Je pensais que tu comparais mes jambes à des lianes prêtes à t'étouffer ou quelque chose du genre tout en essayant de me vexer.

— Te vexer ? répéta-t-il d'une voix rauque. As-tu besoin que je te montre à nouveau ?

— Me montrer quoi ?

— Combien nous sommes doués. Laisse-moi te toucher.

Theo l'embrassa lentement et elle s'abandonna à sa caresse.

— Tes jambes ont la longueur idéale pour moi, ajouta-t-il en déposant un sillon de baisers brûlants dans son cou. C'est dommage que tu ne portes pas de talons. Il ne manque que quelques centimètres.

— Je n'en porte jamais. Je tomberais à coup sûr, expliqua-t-elle dans un souffle.

— Mensonge ! Tu es gracieuse et nous le savons tous les deux. De toute façon, tu n'aurais même pas besoin de marcher. Il te suffirait de t'appuyer contre le mur, dit-il avec un sourire, une lueur brûlante s'allumant dans ses yeux. Tu serais à la bonne hauteur et je ne risquerais plus de me casser le dos.

— Je vois que tu as toujours l'esprit pratique.

— Nous pourrions faire durer le plaisir, lui murmura-t-il à l'oreille.

Les jambes tremblantes, elle s'accrocha à lui et il la

souleva dans ses bras pour l'emporter dans la chambre à coucher.

Ivre de désir, elle ne put retenir un gémissement quand il s'allongea sur elle pour lui donner enfin ce dont elle rêvait tant.

11.

— Theo est déjà parti, dit-elle avec un sourire comme Dimitri s'installait à la table de la terrasse.

Depuis qu'elle lui avait demandé son aide, l'attitude de Dimitri avait radicalement changé. Il était beaucoup moins froid.

— Il travaille trop, commenta-t-il comme elle lui servait une tasse de thé. Il ralentira peut-être la cadence quand l'enfant sera né.

— Peut-être, répliqua-t-elle malgré ses doutes.

Dimitri l'observa un instant avant de reprendre :

— Il n'est pas parfait.

— Personne ne l'est.

— Je me suis montré trop dur avec lui. Je ne voulais pas qu'il devienne comme son père, mais Theo n'aurait pas pu être plus différent. Il est loyal, dit-il avec un soupir. Il fait attention aux autres, s'inquiète pour eux…

— Il vous aime énormément. Il ne veut pas vous décevoir.

— Je le sais bien. C'est pour ça qu'il travaille aussi dur. Les choses vont peut-être changer grâce à vous.

— Theo et moi nous comprenons mutuellement, répondit-elle, veillant à garder un visage impassible. Nous nous respectons…

— Mais vous ne vous aimez pas.

Elle baissa la tête. Elle désirait Theo et avait l'intention de lui rester fidèle, mais elle ne pouvait se permettre de s'interroger plus avant sur ses sentiments.

— C'est peut-être aussi bien, continua Dimitri comme

elle restait silencieuse. Les mariages de raison durent souvent plus longtemps que les mariages d'amour. Theo n'a vraiment rien de commun avec son père, ajouta-t-il comme pour lui-même.

Theo avait parlé d'une brève liaison qui avait mené à une grossesse, mais Dimitri semblait sous-entendre que ses parents s'étaient mariés par amour, songea Leah, perplexe.

— Et qu'en est-il de vous ? demanda-t-elle, curieuse. Était-ce un mariage d'amour ou de raison ?

— C'était un mariage de raison, mais les choses ont bien évolué ensuite.

— Vous êtes tombés amoureux ?

— Il en sera de même pour vous, dit-il d'un air sérieux.

— Pensez-vous que deux personnes n'ayant rien en commun pourraient être heureuses ?

— Non, c'est impossible.

Le cœur de Leah se serra. Theo la désirait, mais cela n'allait pas durer. Il allait finir par se lasser d'elle, ce qui n'avait pas l'air de l'inquiéter. Il semblait convaincu qu'ils arriveraient à vivre heureux ou au moins en harmonie, mais elle ne partageait pas son point de vue. Loin de faiblir, le désir qu'il lui inspirait semblait grandir de jour en jour.

Une pensée s'imposant à son esprit, elle se figea. Il ne s'agissait peut-être pas uniquement de désir. Elle éprouvait peut-être quelque chose de plus profond pour lui…

Secouant la tête pour chasser cette idée, elle se servit un verre de jus d'orange et en proposa également un à Dimitri. Ce n'était pas le moment de songer à tout cela.

Accélérant le pas, Theo traversa la maison, pressé de retrouver Leah. Ces derniers jours avaient été une véritable torture car elle hantait ses pensées, jour et nuit. Il n'arrivait plus à dormir ni à réfléchir et son travail s'en ressentait.

— Tu es rentré tôt, dit-elle à la fin du dîner.

Theo surveilla Amalia qui ramenait Dimitri dans ses appartements avant d'acquiescer.

— Tu comptes repartir demain matin ? s'enquit-elle d'une voix plus aiguë que d'habitude, ce qui attira aussitôt son attention.

— Oui, répondit-il en se renfonçant dans son siège pour mieux l'observer. C'est ce que j'ai de mieux à faire jusqu'à la cérémonie.

— Et ensuite ? Tu as l'intention de retourner au bureau ?

— Non. Nous partirons en lune de miel.

— Sur l'île prison ?

— Ailleurs, mais c'est une surprise, ajouta-t-il soudain nerveux.

Visiblement étonnée, Leah sembla sur le point de l'interroger davantage, mais il ne lui en laissa pas le temps.

Contournant la table, il se pencha pour l'embrasser, apaisant enfin la faim qui ne l'avait pas quitté depuis son arrivée.

— Je ne vais pas coucher avec toi ce soir, reprit-il d'une voix rauque. Nous nous marions demain, et ça porte malheur.

— On a déjà dépassé ça, non ? répliqua-t-elle en jouant avec sa bague de fiançailles.

Le souffle de Theo se bloqua dans sa gorge.

— C'est ainsi que tu vois les choses ?

— Non, dit-elle en se caressant le ventre. Ce qui nous est arrivé est… presque un miracle quand on y réfléchit. Tu n'es pas d'accord avec moi ?

Ignorant comment répondre, il l'embrassa de nouveau.

— Non, marmonna-t-il. Pas ce soir.

Comme Leah le contemplait, visiblement déçue, il retint un juron. La décevoir était pire que tout, mais il devait impérativement remettre de la distance entre eux.

— À demain, Leah, conclut-il en s'éloignant.

Le lendemain matin, il décida de se rendre au bureau uniquement pour se prouver qu'il en était capable, mais il se contenta de régler les derniers détails de leur voyage de noces.

Il regagna ensuite la villa pour se doucher et enfiler son costume qui était neuf, tout comme les chaussures assorties. Le seul qui n'avait pas changé, c'était lui. Ce mariage n'était qu'un accord, un contrat passé entre deux adultes consentants. Alors pourquoi était-il aussi nerveux ? Parce qu'il n'avait jamais eu l'intention de s'engager ainsi avec une femme ou qui que ce soit d'ailleurs ?

Irrité par la tournure que prenaient ses pensées, il vérifia une dernière fois son reflet dans le miroir puis quitta la pièce. Dehors, il rejoignit Dimitri installé sur la terrasse. Amalia et son mari étaient également présents, Leah ayant insisté pour qu'ils assistent à la cérémonie en tant qu'invités et non en tant que membres du personnel.

L'officiant toussa discrètement pour attirer son attention et Theo remarqua Leah qui remontait l'allée, un sourire aux lèvres. Son sang se mit à battre à ses tempes et le reste du monde disparut. Elle était si belle dans sa robe blanche qui mettait son corps gracile en valeur.

Elle le rejoignit et plongea son regard dans le sien, comme l'officiant commençait la cérémonie d'abord en grec puis en anglais.

Theo en profita pour jeter un coup d'œil à son grand-père qui les observait d'un air ravi. De toute évidence, lui aussi était tombé sous le charme de Leah, ce qui n'avait rien d'étonnant puisqu'elle était incroyable.

L'officiant se racla la gorge et Theo se focalisa de nouveau sur Leah qui semblait attendre quelque chose. Une vague de panique menaça soudain de l'engloutir. Il n'était pas fait pour le mariage et il n'allait pas manquer de la faire souffrir. C'était dans ses gènes.

S'efforçant de rester calme, il se pencha pour poser un baiser léger sur les lèvres de Leah. La prenant par le bras, il descendit l'allée avec elle pour rejoindre le photographe qui les attendait.

— Tu es triste que ta famille n'ait pas fait le déplacement ?

— Pas du tout, répondit-elle en secouant la tête.

— Ta robe, c'est toi qui l'as faite, n'est-ce pas ? reprit-il d'une voix rauque.

— Oui.

— Comment as-tu fait en aussi peu de temps ?

— Amalia et sa famille m'ont aidée. Elles se sont mises au travail dès que je leur ai montré le modèle.

— Où l'as-tu trouvé ?

— C'est moi qui l'ai dessiné, répondit-elle en haussant les épaules.

Theo hocha la tête et son regard se posa sur les chaussures, des escarpins argentés à talons, qu'elle avait choisis pour lui, c'était évident.

Touché malgré lui, il tenta de calmer les battements désordonnés de son cœur. Mais que lui arrivait-il ? Ils étaient mariés à présent. Il n'avait plus à craindre que Leah lui échappe, mais loin de l'apaiser cette certitude le rendait fou. Il avait besoin de la toucher.

Leah observait Theo à la dérobée. Il semblait perturbé.

— Tu ne l'aimes pas ? demanda-t-elle, n'y tenant plus.

— Quoi donc ? s'enquit-il en fronçant les sourcils.

— Ma robe, précisa-t-elle, soudain gênée.

Elle aurait mieux fait d'en acheter une dans l'une de ces boutiques de luxe d'Athènes au lieu de s'entêter à la réaliser elle-même avec l'aide d'Amalia.

Theo ouvrit la bouche, mais Amalia les appela avant qu'il ait une chance de répondre. Plissant les yeux, Leah aperçut le photographe qui se préparait à prendre un nouveau cliché.

Glissant un bras autour de sa taille, Theo l'attira à lui avec tant de hâte qu'elle faillit perdre l'équilibre. Surprise, elle étudia un instant son visage et elle sentit sa gorge se serrer. Il avait l'air incroyablement tendu.

— Parfait…, commenta le photographe.

Theo la relâcha pour lui prendre la main et l'entraîner vers une table couverte de mets qui semblaient délicieux.

— Il faut respecter les traditions, commenta Dimitri.

C'est une petite cérémonie, mais il faut faire les choses correctement.

Ils coupèrent le gâteau et en mangèrent chacun une petite part comme Dimitri levait son verre en leur honneur.

Leah l'entendit à peine. Elle était nerveuse, ce qui n'avait aucun sens. Theo avait insisté pour qu'ils ne passent pas la nuit ensemble, mais elle n'était plus vierge. Cet aspect de leur union n'était pas censé l'inquiéter, mais c'était plus fort qu'elle, d'autant que Theo n'était pas dans son état normal. Il avait l'air mal à l'aise, pressé d'en finir. De toute évidence, leur relation n'avait pas évolué comme elle l'avait cru.

— Leah et moi devons y aller, annonça-t-il à Dimitri.

Le vieil homme répondit en grec et Theo sourit, imité par Amalia et le reste des invités. Son expression changea néanmoins radicalement quand il se tourna vers elle.

— Je devrais peut-être aller me changer ? demanda-t-elle, soudain nerveuse.

— Non. Nous partons immédiatement !

12.

Theo arborait un visage tellement sévère qu'elle hésita un instant avant de se décider à lui parler. Ils étaient mariés et il était hors de question de se laisser intimider par son époux.

— Nous n'allons pas sur l'île prison ? demanda-t-elle dans l'espoir de détendre l'atmosphère.

— Non, répondit-il, sibyllin, en l'aidant à monter dans l'hélicoptère.

Ils décollèrent et Leah se tourna pour observer le paysage dans l'espoir d'en apprendre plus sur leur destination.

Après un petit moment, l'appareil sembla ralentir alors qu' ils approchaient de ruines que Leah reconnut aussitôt.

— Nous sommes à Delphes ? demanda-t-elle, le cœur battant plus fort. Tu t'en es souvenu ?

— Je me souviens de chaque minute de cette nuit, répliqua-t-il d'une voix étranglée comme s'il se retenait d'ajouter quelque chose.

— Merci.

— Je t'en prie, profite de la vue, dit-il avec un mouvement de la tête.

Leah se tourna de nouveau, fascinée par le spectacle du soleil couchant baignant le décor d'une lumière dorée.

Ils survolèrent les ruines une dernière fois, avant de se diriger vers les montagnes pour se poser dans une propriété située à l'écart d'un village.

Étant sortie de l'appareil, Leah attendit, nerveuse, qu'un employé apparaisse pour prendre ses bagages, mais en vain.

— Le personnel est parti il y a cinq minutes, dit Theo en portant deux sacs. Nous sommes seuls.

Leah le suivit et s'arrêta au bord de la piscine, émerveillée en découvrant des bougies allumées qui semblaient former un cercle. Il y avait également de la musique.

— Je suis à moitié américain, et je ne veux pas manquer ma première danse en tant que couple marié, dit-il.

— Theo…

— Tu aurais sans doute préféré des musiciens, mais je voulais que nous soyons seuls, dit-il d'une voix rauque.

— Pourquoi ? l'interrogea-t-elle, le cœur battant la chamade.

— Je danse horriblement mal.

— Je n'en crois rien, répliqua-t-elle comme il lui tendait une main pour l'attirer dans ses bras.

— J'ai eu envie de te toucher toute la journée. Tu es magnifique, ajouta-t-il en plongeant son regard dans le sien. Et tu portes des talons.

— Je me suis dit que je pouvais bien prendre le risque de tomber devant toi.

— Je compte donc si peu à tes yeux ? demanda-t-il, l'air faussement blessé.

Leah resta silencieuse. Theo était injuste. Il lui suffisait d'un regard pour lui faire perdre le contrôle de ses émotions et il se permettait de flirter avec elle malgré son désir évident de la tenir à distance.

— Ce petit châle en dentelle est magnifique, mais je risque de le déchirer si tu continues à te presser ainsi contre moi.

— Je l'ai choisi pour me couvrir les épaules, et pour que personne ne sache que…

— Ne sache que quoi ? l'interrogea-t-il, intéressé.

— Que je ne porte rien sous ma robe. J'ai essayé mes sous-vêtements, mais on les voyait.

— Tu es en train de me dire que sous cet air angélique se cache une tentatrice ? Je le savais, ajouta-t-il en se plaquant contre elle pour mieux lui prouver la force de son désir. Je n'ai pas oublié ta culotte écarlate.

— Heureusement que nous sommes seuls, dit-elle, les joues rouges.

— C'est le cadet de mes soucis, répliqua-t-il d'une voix rauque. Je ne peux plus attendre, Leah.

Sans même s'en rendre compte, elle se retrouva collée contre le mur, comme il pressait ses lèvres avant de tracer un sillon de baisers brûlants dans son cou. Il fit glisser les bretelles de sa robe pour découvrir sa poitrine et prit un mamelon dans sa bouche, la faisant frissonner de plaisir.

— Leah, murmura-t-il avant de continuer sa délicieuse torture. Je ne sais pas comment t'enlever cette robe sans la déchirer.

— Alors ne le fais pas, soupira-t-elle, pressée de le sentir enfin en elle.

Theo s'écarta brièvement pour défaire son pantalon avant de soulever sa robe et de se placer entre ses jambes.

— Tu as choisi ces chaussures pour moi pour que nous puissions faire ça.

Plongeant son regard dans le sien, il vint en elle, lui arrachant un gémissement, comme il se mettait aussitôt à bouger, la faisant rapidement jouir sans jamais la quitter des yeux.

Le souffle court, elle s'accrocha à lui pour ne pas tomber quand il se retira.

— Cette première danse était mémorable, lâcha-t-elle afin de gagner du temps.

Elle avait besoin de se ressaisir et de calmer les battements désordonnés de son cœur. Ce qu'ils partageaient allait bien au-delà du désir. C'était un lien fort, dévastateur et irrésistible.

Theo s'écarta doucement et, lui prenant la main, lui fit traverser la villa et gagner l'étage.

— Plus lentement, cette fois, commenta-t-il en la déshabillant sans hâte avant de déposer sa robe sur une chaise.

Il se débarrassa rapidement de ses sous-vêtements et, fidèle à sa parole, il lui fit l'amour avec une lenteur étudiée qui faillit la rendre folle.

Le lendemain matin, Leah se réveilla dans les bras de Theo.

— Tu ne dois pas partir travailler ? demanda-t-elle, un sourire aux lèvres.

— Enfin, Leah, c'est notre lune de miel.

— Comme si ce genre de détail t'importait, observa-t-elle avec humour.

— On dirait que quelqu'un est de mauvaise humeur. Que t'arrive-t-il, ma chérie ? Tu n'as pas assez dormi ? s'enquit-il en se levant.

Elle resta silencieuse. Theo la taquinait, elle le savait. Il espérait sans doute qu'elle le supplie de revenir au lit pour lui faire l'amour.

Elle faillit répondre, mais renonça en le voyant soulever sa robe avec précaution pour l'accrocher à un cintre.

— Elle est vraiment magnifique, dit-il.

Récupérant le voile tombé à côté du lit, il l'étudia longuement avant de demander :

— C'est Amalia qui te l'a prêté ?

— Non, Dimitri me l'a donné. Tu ne l'as pas reconnu ? ajouta-t-elle, surprise.

— De quoi parles-tu ?

— Il m'a dit que c'était sa femme qui l'avait fait. Elle l'a porté le jour de leur mariage.

— Et il te l'a donné ? Tu as vraiment su le rallier à ta cause, dit-il avec un sourire.

— C'est sans doute parce que je porte l'héritier des Savas.

— Non, il t'apprécie, ce qui n'a rien d'étonnant. Tu es très patiente avec lui. Tu lui prépares du thé et veilles à ce qu'il soit assis confortablement.

— Il est âgé, Theo. C'est normal de s'occuper de lui, et être attentionné n'est pas aussi compliqué que tu sembles le croire.

— Tu es gentille avec tout le monde et tu essaies toujours d'aider ceux qui t'entourent. Tu as du talent… Tu as réalisé la couverture que tu as donnée à ta patiente ainsi que le cardigan que tu portais ce soir-là, à l'opéra.

Comme elle écarquillait les yeux, il ajouta :

— J'ai vu les patrons à ton appartement.

— Tu as raison : c'est moi qui les ai dessinés.

— Les cours de math que tes parents t'ont forcée à prendre auront au moins servi à quelque chose…

— Ce n'était pas aussi terrible. Je n'étais simplement pas à la hauteur de leurs attentes. J'ai donc pris l'habitude de tricoter pour me détendre quand ils m'envoyaient étudier dans ma chambre. J'ai fait des jambières pour les autres danseuses, et, dernièrement, Zoé m'a dit qu'une de ses amies aimait celles qu'elle portait toujours.

— Tu pourrais donc les vendre.

— Elles ne sont pas faciles à réaliser. Il existe des modèles moins chers et tout aussi jolis.

— Tu as donc pensé à les commercialiser, dit-il, les yeux plissés. Tu es une artiste, Leah. Tu pourrais vendre tes créations comme des produits d'exceptions, ajouta-t-il en venant s'asseoir à son côté.

— Je ne crois pas, non, répliqua-t-elle en secouant la tête. Il m'arrive de commettre des erreurs et je ne peux pas demander une fortune pour un produit ayant des défauts.

— Les produits artisanaux n'ont pas besoin d'être parfaits. Tu pourrais aussi vendre les patrons, et les gens les tricoteraient eux-mêmes.

— Tu penses vraiment que je suis aussi douée ? demanda-t-elle sans oser y croire.

— Bien sûr que oui. Pourquoi doutes-tu autant de toi, Leah ?

Comme elle restait silencieuse, il continua :

— Ce n'est pas parce que tu n'avais pas de bonnes notes en math ou en sciences que tu n'es pas capable de réaliser de grandes choses. Tu es simplement différente de tes parents.

— Je le sais bien…

— Mais il y a une différence entre le savoir et le croire…

Comme elle hochait la tête, il prit ses lèvres en un baiser qui lui fit oublier tout le reste.

— Et si nous allions explorer les lieux ? demanda-t-il, une heure plus tard.

Épuisée par cette nuit de passion et ce charmant interlude matinal, elle se leva néanmoins pour prendre une douche avec Theo. Il l'emmena ensuite à Delphes pour l'après-midi.

— C'est incroyable, murmura-t-elle, séduite par le cadre. Je te remercie de m'avoir emmenée ici. Je suppose que tu es déjà venu de nombreuses fois ?

— En effet, répondit-il avec un sourire qui la bouleversa.

Pour peu, elle aurait pu se croire dans un rêve. Non seulement Theo avait organisé cette visite pour elle, mais il lui avait raconté de nombreuses anecdotes et donné d'innombrables informations sur les lieux.

— J'ai lu ça hier, ajouta-t-il comme elle lui adressait un regard surpris après un énième commentaire.

— Je croyais que tu devais travailler ?

— Je n'ai pas réussi à me concentrer.

Incapable de résister plus longtemps, Theo prit sa main dans la sienne pendant qu' ils redescendaient la colline. Il adorait son sourire, mais, plus que tout, il adorait son honnêteté. Leah ne cherchait pas à cacher ses sentiments, et cette visite l'avait touchée.

— Tu veux appeler Dimitri ? s'enquit-elle comme ils arrivaient à la voiture.

Leah tenait vraiment à son grand-père. Ils s'étaient d'ailleurs rapidement rapprochés.

— Et toi ? Tu n'as pas envie de contacter ta famille ?

— C'est déjà fait. Mon frère m'a envoyé un texto hier matin. Je n'arrive pas à croire qu'il se soit souvenu de notre mariage, ajouta-t-elle en secouant la tête.

Theo appela Dimitri qui demanda aussitôt à parler à Leah. Un peu timide, elle prit le portable et salua Dimitri en grec. Elle raccrocha après une brève conversation.

— Je crois qu'il t'aime plus que moi, dit Theo pour la taquiner durant le trajet les ramenant à la ville.

— C'est impossible. Tu es le président de ses entreprises,

et tu as développé l'empire familial. Tu as fait tout ce qu'il t'a demandé et plus encore.

— Il a toujours exigé le meilleur de moi.

— Et tu t'es montré à la hauteur de ses attentes. Mais toi, Theo ? Tu n'as jamais rien voulu d'autre ? demanda-t-elle, la tête inclinée sur le côté. Le tricot était mon exutoire. Quel était le tien ? Ne me dis pas que c'étaient des liaisons d'un soir avec des femmes à Londres…

— J'ai mon travail, dit-il sans sourire.

— Et ça te suffit ?

— J'étais très jeune quand je suis venu vivre avec Dimitri. Il était exigeant, ce qui m'a évité de m'ennuyer.

— C'est tout ? s'étonna-t-elle.

— Ma vie me convient comme elle est. Je ne m'ennuie jamais.

— Tu t'es promis de rendre Dimitri heureux en faisant tout ce qu'il te demandait, dit-elle après l'avoir observé un instant.

— Comme si tu n'avais pas cherché à faire de même, rétorqua-t-il avec un sourire forcé.

— Mes parents attendaient beaucoup de moi, mais je les ai déçus, contrairement à toi. Tu es allé bien au-delà de ce que Dimitri avait le droit d'exiger de toi. Tu es parfait.

— Je ne suis pas parfait, Leah. Personne ne l'est, ajouta-t-il avec une grimace.

— Mais tu as travaillé comme un fou pour satisfaire Dimitri. Pourquoi ? Parce que tu avais peur que lui aussi te demande de partir ?

La gorge de Theo se serra et il eut soudain du mal à respirer.

— C'est bien ce qui s'est passé, n'est-ce pas ? insista-t-elle. Ta mère a voulu que tu partes ?

Refusant de répondre, Theo garda ses yeux sur la route. Il ne parlait jamais d'elle.

— Qu'est-ce qui s'est passé ? s'enquit Leah doucement.

Theo réprima un juron. Cette question l'avait torturé toute sa vie, mais il n'avait jamais obtenu de réponse. Il avait souffert en silence durant des années, refusant de s'engager dans une relation sérieuse par peur d'être blessé de nouveau.

Les choses étaient pourtant différentes avec Leah. Son sourire avait le don de le réconforter et elle était tellement douce et attentionnée qu'il ne craignait pas de lui dévoiler ses faiblesses.

— Elle m'a dit qu'il valait mieux que je reste chez les Savas, dit-il enfin. Elle ne pouvait plus s'occuper de moi. Elle buvait déjà quand ils étaient mariés, mais la situation a empiré quand mon père est mort. Ne la blâme pas trop vite, ajouta-t-il, la gorge nouée. Elle a fait de son mieux.

Comme Leah secouait la tête, il poursuivit :

— Mon père était fils unique. Il a sûrement subi de nombreuses pressions de la part de mes grands-parents, mais ça n'excuse pas tout. Il était égoïste, têtu et adorait faire la fête. Je suppose qu'il a épousé ma mère parce que Dimitri n'approuvait ni leur relation, ni qu'elle se retrouve enceinte aussi vite. Ils se sont installés aux États-Unis et il a rapidement pris une maîtresse. Il en a eu des dizaines. Il lui arrivait même de les ramener à la maison.

Il s'interrompit, comme l'image de son père embrassant une autre femme s'imposait à son esprit.

— Ma mère a cherché à noyer son chagrin dans l'alcool, mais ça n'a pas suffi. Ils se battaient souvent, tout en faisant ce qu'ils pouvaient pour donner l'illusion du couple heureux quand ils étaient en public. Mon père se rendait souvent en Grèce pour rendre visite à ses amis et apaiser les craintes de Dimitri quant à l'avenir de l'empire familial, ajouta-t-il en secouant la tête. Ma mère ne l'a accompagné qu'à une seule occasion. J'avais dix ans à l'époque. Elle a détesté leur séjour et leur relation s'est encore détériorée. Il est rentré tard un soir de trop et ils se sont disputés. Il a pris la voiture et il a eu un accident dans lequel il a trouvé la mort.

Il se gara devant la villa, mais ne fit pas un geste pour sortir.

— Dimitri en a voulu à ma mère, poursuivit-il avec

une grimace. Il l'a rendue responsable de tout parce qu'elle n'était pas grecque. C'était à cause d'elle qu'ils s'étaient installés aux États-Unis et à cause d'elle que mon père était aussi malheureux. Il l'a accusée de l'avoir piégé en tombant enceinte, poursuivit-il en serrant le volant avec force. Je les ai entendus. Il lui a dit que la seule raison pour laquelle il n'avait pas exigé un test ADN était que je ressemblais comme deux gouttes d'eau à mon père. Je crois que je n'ai jamais été aussi en colère que ce soir-là.

La réaction de Dimitri l'avait rendu fou de rage, mais il n'avait rien dit. Comment aurait-il pu ? Son père n'était pas un ange, mais sa mère non plus. Elle buvait et l'avait trompé à de nombreuses reprises pour se venger…

— Après l'enterrement, ma mère m'a annoncé que je ne pouvais pas rentrer avec elle, lâcha-t-il d'une voix blanche. Elle m'a dit qu'elle n'avait jamais voulu de moi et que je devais rester avec Dimitri.

— Elle t'a abandonné en Grèce pour retourner aux États-Unis ?

Theo resta silencieux. Il l'avait suppliée de l'emmener, mais elle l'avait confié à Dimitri qui était presque un inconnu à l'époque.

— Tu as dû avoir le cœur brisé, murmura-t-elle. Tu n'étais qu'un enfant. Tu venais de perdre ton père et ta mère.

Un soupir échappa à Theo, mais il ne voulait pas de sa pitié.

— Je me suis disputé avec Dimitri un jour parce qu'il l'avait critiquée. Je suis devenu fou et j'ai cru qu'il allait m'abandon…

Après un silence, il soupira et ajouta :

— Mais il ne l'a pas fait. Il s'est simplement contenté de ne plus jamais prononcer son nom ou parler de mes parents. Nous avons souvent discuté de politique ou du travail, mais jamais de sujets plus personnels.

— Où est ta mère ? s'enquit-elle d'une voix douce. Es-tu encore en contact avec elle ?

— Une fois, il y a quelques années. Je voulais simplement m'assurer qu'elle allait bien.

Les questions de Leah le mettaient à la torture, mais il ne pouvait pas s'arrêter maintenant.

— Elle ne souhaitait pas me revoir, a même refusé mon argent. Elle voulait seulement que je la laisse tranquille. Elle m'a dit qu'elle vivait mieux sans moi et que je vivais mieux sans elle, conclut-il d'une voix grave.

— Theo…

— C'est mieux ainsi.

— C'est vraiment ce que tu crois ?

— Pourquoi en douterais-je, Leah ? demanda-t-il, irrité par son insistance. Ma mère a été humiliée par mon père. Il l'a tellement fait souffrir qu'elle a noyé son chagrin dans l'alcool. Mon père était horriblement malheureux. Je ne veux pas que qui que ce soit ressente cela, ni toi ni Dimitri. Je refuse de laisser cela arriver !

— Dimitri m'a confié qu'il avait été trop dur avec toi.

— Quoi ? Il ne me l'a jamais dit !

— Tu devrais peut-être lui en parler. Tu devrais lui dire la vérité à propos de tes parents. Dimitri m'a expliqué que tu étais très différent de ton père, ajouta-t-elle comme il ouvrait la bouche pour répondre. Je pense qu'il connaît une partie de l'histoire, Theo. Tu sais aussi bien que moi qu'il est intelligent.

— Je ne pourrai jamais. La mort de mon père a failli le tuer et il ne s'en est jamais totalement remis. Ne vaut-il pas mieux le laisser conserver un bon souvenir de son fils ?

Il s'interrompit comme sa gorge se serrait. Il avait fait de son mieux pour ne jamais décevoir son grand-père afin de ne pas le blesser, mais surtout pour s'assurer que ce dernier ne l'abandonnerait jamais.

— Il m'a donné une maison, une éducation, une structure et de la discipline. Je lui dois tout, Leah, et je refuse de le faire souffrir.

— Mais tu souffres, toi… Tu as dû te sentir si seul, ajouta-t-elle en plongeant son regard dans le sien.

Son rythme cardiaque s'accéléra aussitôt. Il ne s'était jamais confié à personne, mais Leah rendait tout si facile…

— Je vivais chez lui depuis environ un mois quand il m'a emmené sur son bateau pour le week-end. Il m'a fait découvrir le domaine familial et je ne me suis jamais senti aussi libre, dit-il avec un sourire. La mer était si bleue et si chaude. J'ai passé des heures à nager et à explorer les lieux. Cette île est peut-être une prison pour toi, mais c'était mon paradis.

— Oh ! Theo…

Elle se pencha pour lui caresser la joue, mais il s'écarta et sortit de la voiture. Il avait besoin de mettre de la distance entre eux avant qu'il soit trop tard.

— Je devrais préparer quelque chose, dit-il pour changer de sujet. Tu dois être affamée.

— Tu sais cuisiner ? s'étonna-t-elle.

— Je ne suis pas très doué. Je ne maîtrise que quelques plats, et encore… Mais je voulais que nous soyons seuls.

Il avait peut-être commis une erreur en renvoyant les employés. Leur présence l'aurait sans doute aidé à ne pas se perdre dans ses yeux.

Leah le suivit dans la cuisine et ouvrit le réfrigérateur comme si elle avait l'intention de l'aider, mais il refusa.

— C'est inutile.

Il n'avait pas besoin de son aide, ni qu'elle s'occupe de lui comme elle le faisait avec ses patients. Il n'attendait rien d'elle, il ne devait pas l'oublier.

— Tu n'es pas obligée de…

— On va voir ce qu'on peut faire, le coupa-t-elle. On pourrait se préparer un genre de pique-nique.

Il acquiesça et elle se mit au travail, son corps le frôlant régulièrement manquant le rendre fou.

Incapable de se contenir plus longtemps, il s'arrêta pour l'observer et elle fit de même. Ses yeux brûlaient de désir contenu.

— Leah…

Quand il l'attira à lui, elle se mit à trembler.

— On devrait peut-être se débrouiller avec ce que nous avons ? murmura-t-il avant de prendre ses lèvres.

Une vague brûlante déferla en lui et il la souleva pour la déposer sur la table. Quand il vint en elle, elle noua les jambes autour de ses reins pour l'attirer plus profondément en elle. Hélas, ce n'était pas suffisant.

Désespéré, il s'accrocha à elle, incapable de comprendre ses sentiments. Pourquoi son cœur le faisait-il autant souffrir, à croire qu'il avait un trou au milieu de sa poitrine…

Comme si elle percevait son trouble, Leah lui prit le visage entre ses mains et l'embrassa. Sa douceur le bouleversa, balayant sa souffrance et ses doutes.

Enfin, il s'abandonna au plaisir, et la jouissance les emporta tous les deux, le laissant satisfait et heureux.

13.

Incapable de trouver le sommeil, Theo observait les rayons de lune pénétrant dans la pièce. Allongée à son côté, Leah dormait, inconsciente de son malaise grandissant. La paix que lui avait apportée leur étreinte avait disparu, remplacée par un sentiment d'angoisse étouffant.

Puis elle remua et il retint son souffle comme elle se levait pour gagner la salle de bains. Il attendit qu'elle revienne, en vain. Inquiet, il se leva à son tour.

— Leah ? Est-ce que tout va bien ?

Quand elle ouvrit la porte, une main sur son ventre, il sentit son estomac se nouer.

— Qu'est-ce qui se passe ?

— Rien, murmura-t-elle en secouant la tête.

Pas convaincu, il l'observa avec attention. Son ventre commençait à s'arrondir et elle ne lui avait jamais paru plus belle ni plus fragile.

— C'est douloureux ? demanda-t-il en lui caressant doucement le ventre.

Soudain, quelque chose frappa sa paume avec une force surprenante et il s'immobilisa.

— Tu l'as senti ? s'enquit-elle dans un souffle.

Incapable de prononcer un mot, il hocha la tête.

— On dirait qu'il ne maîtrise pas bien la notion de jour et de nuit, soupira-t-elle.

« Il » ? Leur enfant ? Comme pour confirmer sa présence, celui-ci frappa de nouveau, et le cœur de Theo se serra douloureusement.

— Est-ce que… Est-ce que ça fait mal ? l'interrogea-t-il d'une voix rauque.

— Non.

— C'est…

Il s'interrompit, incapable de continuer. Qu'était-il censé dire ou ressentir ?

— On se croirait dans un film de science-fiction, dit Leah avec un sourire.

Sa réaction l'amusa, le calmant un instant.

— J'ai encore du mal à le croire, ajouta-t-elle en plongeant son regard dans le sien.

Mal à l'aise, il détourna la tête et la raccompagna jusqu'au lit où elle s'endormit presque aussitôt, le laissant seul avec ses craintes et son angoisse.

Sa réaction était ridicule. Cela faisait des semaines que Leah lui avait annoncé qu'elle était enceinte, mais c'était la première fois qu'il réalisait pleinement ce que cela impliquait. Il allait devenir père… et il n'était absolument pas prêt à l'être.

Son père avait été incapable de s'occuper de lui ou de son épouse. Quant à son grand-père… Dimitri l'avait accueilli chez lui, mais il avait toujours été incapable d'exprimer ses sentiments.

Et bientôt, il serait responsable d'un petit être sans défense qui compterait sur lui pour l'aimer et lui apprendre la vie ! Il y avait également Leah… Leah, si vibrante d'énergie, si merveilleuse et pleine de vie… Leah qui n'allait pas manquer de le détester pour l'avoir forcée à l'épouser et à renoncer à ses rêves. Elle méritait mieux que de vivre avec un homme incapable de lui donner l'amour qu'elle méritait, et leur enfant aussi.

Pinçant les lèvres, il s'efforça d'ignorer la vague de panique sur le point de le submerger. Il n'était pas trop tard, il pouvait encore les protéger de lui-même. Il lui suffisait de prendre ses distances. L'idée de s'éloigner de Leah ne lui plaisait pas, elle était même insupportable, mais il était prêt à tous les sacrifices. C'était la seule solution pour ne pas la faire souffrir…

Le lendemain matin, Leah se réveilla seule. Déçue, elle partit immédiatement à la recherche de Theo. Il avait enfin commencé à s'ouvrir à elle, et elle en voulait davantage. Elle voulait le soutenir, soulager sa peine et se tenir à ses côtés comme une véritable épouse.

Enfin, elle l'aperçut, debout au bord de la piscine, et son cœur se serra. Il était déjà habillé et il lui sembla soudain étrangement distant.

— Il faut que nous rentrions à Athènes, annonça-t-il sans même prendre la peine de la saluer.

— Je vois…

— C'est pour mon travail, il faut que…

— Je comprends, le coupa-t-elle d'une voix neutre.

Elle n'avait pas envie d'entendre ses explications ou ses excuses. Elle savait à quoi s'attendre en l'épousant. Pourtant, elle était déçue. Les derniers jours avaient été incroyables et elle s'était surprise à croire qu'ils pouvaient être heureux.

— Il faut que j'aille travailler, Leah.

— Pourquoi ? s'enquit-elle sans plus pouvoir cacher sa colère. C'est censé être notre lune de miel.

— J'ai des responsabilités envers mes employés, je ne veux pas les décevoir.

Leah retint une grimace. Voilà qu'il recommençait à faire passer les autres et leurs désirs avant les siens.

— Ne m'as-tu pas reproché de rechercher l'approbation de mon entourage à tout prix ? demanda-t-elle d'un ton acide.

— Je ne cherche pas l'approbation de qui que ce soit. Ces gens dépendent de moi pour vivre !

— Et qu'en est-il de toi, Theo ?

— Tu n'as pas à t'inquiéter pour moi.

— Dis plutôt que tu refuses que je m'inquiète pour toi. Tu ne supportes pas que quiconque s'occupe de toi ou cherche à t'aider.

— Je suis parfaitement capable de me débrouiller tout seul.

Leah faillit se mettre à hurler. Theo ne semblait pas voir, ou plutôt il refusait de voir, qu'ils partageaient plus qu'une simple attirance physique. La journée de la veille et la nuit avaient été magiques, mais tout avait changé à l'instant où il avait senti le bébé bouger. Il avait bien tenté de le cacher, mais elle n'était pas dupe. S'il était prêt à assumer ses responsabilités envers son enfant, il était évident que l'idée de devenir père le rebutait.

— Je ne m'attendais pas à ce que vous reveniez aussi vite, dit Dimitri à leur arrivée. J'ai un cadeau pour vous, ajouta-t-il avec un sourire en les entraînant vers la galerie.

Leah écarquilla les yeux en découvrant une photographie en noir et blanc les représentant le jour de leur mariage. Avec sa robe aux reflets argentés, elle avait l'air d'une star de cinéma. Quant à Theo, il ressemblait à un ange déchu.

Mais ce qui la frappa plus que tout était l'expression de son visage. Il fixait l'objectif avec sérieux tandis qu'elle le regardait, un regard d'adoration et brûlant d'amour, un grand sourire aux lèvres.

Embarrassée, elle se tourna discrètement vers son époux qui se contenta d'étudier la photo en silence. Quant à Dimitri, il contemplait le cliché avec une satisfaction évidente, ravi que son petit-fils ait trouvé une femme qui l'aimait sincèrement. Il ne se doutait de rien.

— C'est magnifique, Dimitri, dit-elle avec un sourire forcé. Merci.

Celui-ci lui adressa un grand sourire avant de quitter la galerie.

— Il faut que j'aille au bureau, annonça Theo en tournant lui aussi les talons.

Leah lui emboîta le pas, poussée par son instinct.

— Theo, ne pars pas !

Il s'immobilisa puis lui fit face.

— Leah…

— Tu n'as pas besoin d'y aller aujourd'hui, le coupa-t-elle. Je sais que tu cherches à m'éviter, Theo.

— Ça n'a rien à voir avec toi, Leah…

Bien sûr que si ! La situation était loin d'être idéale, mais ils avaient une chance de régler leurs problèmes s'il le voulait bien. Malheureusement, il semblait décidé à s'éloigner d'elle et de leur enfant.

— Je ne suis pas la femme que tu as connue à Londres, dit-elle soudain. Je n'ai plus peur de porter les vêtements que j'aime, de dire ce que je pense ou ce que je veux. Tu sais pourquoi ? ajouta-t-elle en plongeant son regard dans le sien. C'est grâce à toi. Tu m'as permis de comprendre que je n'avais pas à m'inquiéter de ce que les autres pensaient de moi. Leur opinion n'a pas d'importance. J'ai changé grâce à toi, Theo, continua-t-elle en s'approchant de lui. Tu as vu quelque chose en moi, tu m'as donné confiance en moi et tu m'as écoutée. Alors, je t'en prie, ne me tourne pas le dos.

— Leah…

— Tu ne peux pas continuer à cacher ta douleur.

— Je savais bien que j'avais eu tort de…

— De me parler ? Pourquoi crains-tu autant de t'ouvrir aux autres ? Je sais que tu n'as jamais eu l'intention de te marier et que tu ne m'as épousée que parce que j'étais enceinte. Je sais aussi que la perspective de devenir père te terrifie, mais…

— Si tu en sais autant, l'interrompit-il, visiblement irrité par ses paroles, pourquoi refuses-tu d'accepter que je ne pourrai jamais te donner ce que tu mérites ? Je suis incapable d'aimer quelqu'un. Je n'ai pas su donner à ma mère ce dont elle avait besoin, poursuivit-il en serrant les poings, et je n'ai pas été à la hauteur des attentes de Dimitri. Il en va de même pour toi.

— De quoi parles-tu ? Je t'aime, Theo, et tu le sais. C'est ce qui te pousse à mettre de la distance entre nous.

— Non ! s'écria-t-il en secouant la tête. Tu crois être amoureuse de moi, mais tu te trompes. Je n'aurais jamais dû coucher de nouveau avec toi, ajouta-t-il en se passant une main dans les cheveux.

— À t'entendre, tu as profité de moi…

— C'est comme si je l'avais fait. Tu manques d'expérience et je…

— Je manque d'expérience ? répéta-t-elle, incrédule. Tu n'as pas le droit de me dire que ce que je ressens dans mon cœur et dans mon âme n'est qu'une illusion.

— Même si ce n'est pas le cas, je ne peux pas prendre cette responsabilité, rétorqua-t-il en fermant les yeux un bref instant.

— C'est un cadeau, pas un fardeau, dit-elle dans l'espoir de le convaincre enfin. C'est un miracle, une vie faite d'éclats de rire, de bonheur et d'amour.

— Tu te trompes, et c'est ma faute. J'aurais dû être plus prudent. Je ne commettrai plus la même erreur à l'avenir. Tu es fragile et…

— Je te demande simplement de te comporter comme un être humain, pas de m'aimer en retour.

— Tant mieux parce que j'en suis incapable. Ça n'arrivera jamais, poursuivit-il d'un air sombre.

Leah ne put s'empêcher de tressaillir. Était-ce sa faute ? Theo pourrait-il en aimer une autre ou cherchait-il simplement à se protéger ?

Décidée à en avoir le cœur net, elle reprit :

— Je sais que tu as peur de souffrir. Je suis désolée pour ce que tu as traversé, mais tu n'as rien à te reprocher en ce qui concerne tes parents.

— Comment peux-tu dire une chose pareille ? S'ils sont restés ensemble, c'est uniquement à cause de moi alors qu'ils se disputaient en permanence. Il est mort à cause de moi !

— Tes parents étaient tous les deux adultes. Ils ont fait leurs propres choix. Tu n'y étais pour rien, Theo, répliqua-t-elle d'une voix douce.

— Bien sûr que si. Elle n'a jamais voulu de moi, mais je ne lui reproche rien. Regarde-moi, Leah. Ai-je vraiment l'air de manquer de quoi que ce soit ? Je suis heureux. Ma vie me convient parfaitement comme elle est. Je n'ai pas besoin de t…

Il s'interrompit et elle sentit son cœur se serrer.

— Tu m'as dit que ce n'était pas ma faute si j'avais déçu mes parents, que je n'avais pas à répondre à leurs attentes. Pourquoi est-ce différent pour toi ? demanda-t-elle, frustrée qu'il rejette ses sentiments aussi facilement. Tu n'étais qu'un enfant. Tu n'es pas responsable de ce qui leur est arrivé, comme tu n'es pas responsable de tous ceux qui t'entourent. Tu n'as pas besoin de protéger Dimitri, de me protéger ou de protéger notre enfant. Quand on y pense, on pourrait presque croire que c'est le destin, ajouta-t-elle avec un sourire. Nos parents n'ont pas su nous donner ce dont nous avions besoin, mais nous ne sommes pas comme eux. Nous n'avons pas le pouvoir de changer le passé, mais nous pouvons être heureux, Theo, toi et moi, ensemble. Je te promets que je ferai mieux que ma mère.

— Je le sais bien, Leah. Tu seras une mère fantastique, mais ça ne change rien. Je ne pourrai jamais te donner ce que tu veux.

— Tu es déjà tout ce que je veux ! Je n'ai pas besoin que tu changes quoi que ce soit.

Theo baissa les yeux.

— Je ne peux pas donner à ton enfant ce que…

— C'est notre enfant, murmura-t-elle.

— Arrête ! s'écria-t-il avec colère. J'ai essayé, Leah. J'ai vraiment essayé, mais ça ne marchera jamais. Tu m'en demandes trop.

Elle ouvrit la bouche pour répondre puis renonça. Theo avait pris sa décision. Il n'allait pas changer d'avis quoi qu'elle dise ou fasse. Il était trop tard.

— Tu devrais parler à Dimitri, dit-elle d'une voix étranglée. Tu devrais au moins être honnête avec lui parce que, quoi que tu en dises, tu l'aimes.

— Je ne peux pas. Il faut que j'y aille, conclut-il en se glissant derrière le volant.

Dévastée par sa réaction, Leah regarda la voiture s'éloigner dans un nuage de poussière.

Sa rencontre avec Theo avait bouleversé son existence. Il lui avait donné confiance en elle et la force d'exprimer enfin ses sentiments. Elle n'avait plus peur de dire ce qu'elle pensait ou ce qu'elle voulait car ses désirs étaient parfaitement légitimes. Quoi qu'en pense Theo, ils méritaient tous les deux d'être aimés et de connaître le bonheur. Encore aurait-il fallu qu'il l'aime en retour…

Son cœur se serra douloureusement dans sa poitrine et elle chancela, mais ne tomba pas. Theo n'était peut-être pas prêt à devenir père pour l'instant, mais il allait aimer leur enfant, elle le savait. Jusque-là, elle allait devoir se montrer forte pour deux.

Le plus urgent était donc de mettre de la distance entre eux. Elle ne pouvait pas risquer de retomber dans ses bras, alors qu'il était incapable de lui donner ce dont elle avait besoin. Elle méritait mieux.

14.

Theo traversa la terrasse pour rejoindre Dimitri installé à une table, une couverture sur les genoux. Il avait des cernes sous les yeux, ce matin-là, et semblait avoir pris dix ans depuis leur retour.

— Tu en fais trop, dit Theo sur un ton de reproche en avisant son teint pâle. Tu devrais te reposer.

Malgré lui, son regard se posa sur la demeure où l'attendait Leah. Ses mots ne l'avaient pas quitté de la journée. Ils s'étaient glissés dans son esprit, l'empêchant de se concentrer sur son travail et le ramenant sans cesse à l'instant où il lui avait tourné le dos.

— Tu rentres tard, répliqua Dimitri.

— J'ai eu beaucoup de travail…

— Tu es marié depuis moins d'une semaine.

Pressé de lui échapper, Theo resta silencieux et se dirigea vers la villa. Il avait besoin de voir Leah, non parce qu'il la désirait toujours, mais parce qu'il s'inquiétait pour elle.

Il avait commis une erreur impardonnable en couchant de nouveau avec elle. Leah était vierge quand il l'avait connue. Il avait été le premier homme à lui donner l'impression qu'elle était spéciale. Il n'était donc guère étonnant qu'elle ait fini par se convaincre qu'elle était amoureuse de lui. Il aurait dû garder ses distances au lieu de la laisser entretenir des illusions.

— Leah ? dit-il en entrant.

Mais seul le silence lui répondit. Ignorant les battements désordonnés de son cœur, il monta l'escalier en courant.

— Leah ?

Sans prendre la peine de frapper, il entra dans la chambre, mais elle était vide. S'efforçant de combattre sa panique, il vérifia rapidement la commode, vide elle aussi.

Non, non, non ! Ce n'était pas possible, c'était un cauchemar. Elle ne pouvait pas avoir fait une chose pareille.

— Qu'est-ce qui ne va pas ? demanda Dimitri en le voyant ressortir.

— Je crois qu'elle m'a quitté.

— Que dis-tu ?

— Leah, elle est partie, rétorqua-t-il avec colère.

— Pardon ?

— Qu'est-ce que tu n'as pas compris ? s'emporta-t-il. Elle est partie, elle m'a quitté !

— C'est toi qui ne comprends pas, répondit froidement Dimitri. Tu penses vraiment que Leah te quitterait ?

Surpris par sa réaction, Theo fronça les sourcils.

— Tu sais où elle est ? Pourquoi ne m'as-tu rien dit ?

— Pourquoi ne m'as-tu pas posé la question ?

— Je n'ai pas le temps de jouer à ces petits jeux, Dimitri. Où est-elle ?

Il avait besoin de s'assurer qu'elle allait bien…

— Pourquoi l'as-tu laissée seule toute la journée en compagnie d'un vieil homme ennuyeux ? demanda Dimitri, sans répondre à sa question.

— Tu n'es ni aussi vieux, ni aussi ennuyeux que tu cherches à me le faire croire. Je n'ai pas le temps pour ça, ajouta-t-il, énervé. Je vais demander à Philip de m'aider. Elle n'a pas pu aller très loin.

— Philip est avec elle.

— Quoi ?

— Elle est sur l'île.

Theo fut tellement surpris qu'il faillit tomber.

— Tu peux répéter ?

— Elle m'a dit que c'était ce que tu voulais, expliqua Dimitri.

Une vague de soulagement le balaya aussitôt. Ainsi,

non seulement elle ne l'avait pas quitté, mais elle était en sécurité. Pour autant, son malaise ne disparut pas complètement. Au lieu de mettre le plus de distance possible entre eux, elle avait choisi de faire exactement ce qu'il lui avait demandé. Pourquoi ?

— Oui, en effet, dit-il d'une voix rauque.

— Tu n'as pas l'intention d'y aller ? s'enquit Dimitri.

— Non. C'est inutile. Je vais appeler Philip.

— J'ai également envoyé Amalia pour s'occuper d'elle, reprit Dimitri d'un ton réprobateur.

La critique implicite le frappa de plein fouet, mais il l'ignora.

— Merci.

Incapable de croiser le regard de son grand-père, il regagna leur chambre, le cœur à l'agonie.

Morose, Theo s'installa à table. Trois jours s'étaient écoulés depuis le départ de Leah, trois longues journées interminables et autant de nuits à se rappeler ce qu'il avait perdu. Elle le hantait en permanence et elle lui manquait horriblement, au point qu'il avait l'impression de devenir fou.

La voix de son grand-père le ramena brutalement à la réalité.

— Comment va Leah ?

Avisant qu'il semblait épuisé, Theo fronça les sourcils.

— Tu devrais te reposer.

— Je t'ai demandé comment allait ta femme ? insista Dimitri.

Theo resta silencieux car il l'ignorait.

— Je n'aime pas te voir comme ça, reprit le vieil homme.

Ignorant son grand-père, Theo commença à manger bien qu'il n'ait aucun appétit.

— Je ne pensais pas que tu agirais ainsi. Tu te conduis comme...

— Je n'ai rien à voir avec lui ! s'emporta Theo. Je n'ai jamais traité Leah de la façon dont mon père traitait ma mère.

Voyant Dimitri tressaillir, Theo pesta intérieurement. Il était allé trop loin.

— Je suis désolé, reprit-il en reposant sa fourchette. Je ne voulais pas…

— Ne t'excuse pas, dit Dimitri d'une voix ferme malgré son teint pâle. Explique-moi.

Indécis, Theo hésita, mais les mots de Leah lui revinrent en mémoire.

— Je ne veux pas te blesser…

— Je sais que mon fils n'était pas un saint, rétorqua Dimitri. Tes parents ont énormément souffert, tous les deux.

— Ils se disputaient en permanence…

— Et tu as été pris au milieu.

— Non, je… Ils se fichaient complètement de moi, Papou.

Le surnom qu'il donnait autrefois à son grand-père lui échappa avant qu'il puisse le retenir, et il se confia enfin. Une main posée sur son épaule, Dimitri l'écouta avec attention.

— Je suis fier de toi, Theo, déclara-t-il en le prenant dans ses bras.

Surpris, Theo se raidit avant de se laisser aller à son étreinte. Leah avait eu raison. Dimitri ne lui en voulait pas. Il comprenait. Mieux, lui parler lui avait enfin permis de comprendre qu'il n'était pas responsable de ce qui s'était passé. Ses parents avaient été incapables de l'aimer, mais il n'y était pour rien.

— Je veux que tu sois heureux, affirma Dimitri en le relâchant. Et je veux que Leah soit heureuse.

— Moi aussi, dit Theo en se prenant le visage entre les mains, mais je…

— Qu'est-ce qui est pire ? s'enquit Dimitri. Vivre avec elle ou sans elle ?

15.

Cinq jours. Cinq jours s'étaient écoulés et Theo n'avait pas cherché à la contacter, ce qui était aussi bien. Ainsi, elle avait pu commencer à s'habituer à son absence, même si elle était loin d'être guérie.

En journée, elle trouvait à s'occuper pour ne pas songer à lui, mais, la nuit venue, les souvenirs des instants qu'ils avaient partagés l'assaillaient, la laissant le cœur brisé. Theo avait bouleversé son existence. Il lui avait fait connaître le désir, le plaisir, le bonheur et l'amour, mais il ne partageait pas ses sentiments. Et même si elle n'y était pour rien, savoir qu'il ne l'aimait pas et ne l'aimerait jamais restait incroyablement douloureux.

Un mouvement attira son attention et elle leva les yeux s'attendant à voir Amalia, mais ce n'était pas elle.

C'était… C'était lui !

— Qu'est-ce que tu fais là ? demanda-t-elle en posant une main sur sa poitrine, dans l'espoir de calmer les battements désordonnés de son cœur.

— Leah…

Une vague d'émotions puissantes la balaya et elle faillit tomber. C'était bien trop tôt. Elle n'était pas encore assez forte pour l'affronter.

— Qu'est-ce que tu veux ?

— Je n'ai pas le droit de te rendre visite ?

— Pas sans appeler avant, non, rétorqua-t-elle en relevant le menton.

— Nous sommes mariés.

— Nous ne sommes pas n'importe quel couple marié, dit-elle d'une voix tremblante.

— Comment trouves-tu l'île prison ? demanda-t-il, ignorant sa remarque.

L'espace d'un instant, elle eut envie de lui hurler combien il la faisait souffrir, mais elle en fut incapable. Malgré tout ce qui s'était passé, elle ne pouvait pas le détester.

— Elle est magnifique.

— Vraiment ? Tu pourrais donc être heureuse ici ?

— Ce n'est pas ce que tu voulais ? s'enquit-elle, surprise par sa réaction.

Comme il restait silencieux, elle reprit :

— Tu avais raison, il vaut mieux que nous vivions chacun de notre côté. Qu'est-ce que tu veux, Theo ? insista-t-elle comme il continuait de l'observer en silence. Pourquoi es-tu venu ? Le bébé ne naîtra pas avant plusieurs mois, alors laisse-moi tranquille que je puisse apprendre à vivre sans…

Elle s'interrompit et se mordit les lèvres pour retenir ses larmes.

— Quand tu es partie, je me suis dit qu'il valait mieux te laisser rentrer en Angleterre, commença-t-il d'une voix rauque. J'ai failli te proposer de subvenir à tes besoins si tu me permettais de venir voir le bébé, mais je n'ai pu m'y résoudre.

— Ce n'est pas ce que je veux, dit-elle, blessée par ses paroles. Notre enfant a besoin de toi et tu as besoin de lui. C'est pour ça que je suis venue ici.

— J'ai besoin de notre enfant, Leah, mais j'ai surtout besoin de toi.

Une douleur sourde se répandit dans sa poitrine et elle secoua la tête.

— Leah ?

— Non, Theo, répondit-elle en lui tournant le dos.

Elle ne pouvait pas le croire, c'était impossible.

— Arrête, je t'en prie, murmura-t-elle comme il posait les mains sur ses épaules pour la forcer à lui faire face.

— Je suis désolé, Leah.

— Tu n'as pas besoin de t'excuser. Ça va aller. J'ai juste besoin d'un peu de temps loin de toi pour m'habituer à la situation.

— Tu étais sincère, murmura-t-il soudain.

— Bien sûr que je l'étais.

— Oh ! je suis tellement désolé, Leah ! dit-il en plongeant son regard dans le sien. Personne ne m'avait jamais aimé avant toi. Tu m'as fait un cadeau incroyable, mais je craignais de tout gâcher. J'avais peur que ce ne soit qu'une illusion, ajouta-t-il comme pour lui-même.

Craignant d'avoir mal compris, elle le regarda en silence.

— Je m'y prends mal, poursuivit-il en se passant une main dans les cheveux. Tu me manques, Leah. Je n'arrive à rien sans toi.

— Mais c'est pourtant ce que tu voulais, répliqua-t-elle en s'efforçant d'ignorer les battements désordonnés de son cœur.

— J'avais peur. J'ai eu peur toute ma vie, continua-t-il avec un sourire dénué d'humour. Je n'avais pas réalisé à quel point j'avais besoin de toi, jusqu'à ce que je rentre et découvre que tu étais partie. J'ai cru que tu m'avais quitté.

— Je ne te ferais jamais ça. Je ne pourrais jamais surtout en sachant ce que tu as…

— Je le sais bien, ma chérie. Je le sais aujourd'hui. Je suis un idiot qui ne comprend rien à l'amour, Leah. Je me suis servi de mes parents et du passé pour te garder à distance. Je ne voulais pas reconnaître mes sentiments, Leah.

— Non, murmura-t-elle, incapable d'y croire.

— Non ?

— Nous ne serions pas là sans ce bébé.

— Ce n'est pas vrai et tu le sais aussi bien que moi.

— Non, je…

— Tu ne t'es jamais demandé comment j'avais réussi à te retrouver après ton passage à mon bureau ? l'interrogea-t-il.

— Tu… Tu as de l'argent et de nombreuses ressources à ta disposition.

— C'est vrai, mais sais-tu quand j'ai mené ces recherches ?

— Après ma visite, bien sûr.

— Tu te trompes. J'ai demandé à mon équipe de me faire un rapport sur toi dès mon retour en Grèce. Le lendemain de notre première nuit ensemble…

— Mais pourquoi ?

— Je n'arrêtais pas de penser à toi, avoua-t-il avec un sourire. Et si j'ai gardé mes distances, c'est parce que je pensais que c'était la meilleure chose à faire pour nous deux.

— Parce que je ne suis pas…

— Parce que j'avais peur, corrigea-t-il. Il a fallu que tu reviennes dans ma vie avant de me quitter pour que je réalise combien j'avais besoin de toi. Je ne peux pas vivre sans toi. Je suis désolé de t'avoir fait souffrir, poursuivit-il d'un air contrit. Je n'aurais jamais dû te laisser partir. Je t'en prie, dis-moi qu'il n'est pas trop tard.

— Très bien, je ne te dirai pas ça…

Surpris, Theo sourit.

— Continue, dit-elle. Continue à parler.

— Rentre avec moi.

— Pourquoi ?

Elle avait besoin de l'entendre.

— Parce que je t'aime, répondit-il en lui prenant le visage entre ses mains. Parce que je t'aime et parce que tu me manques. J'ai besoin de toi, ajouta-t-il en l'attirant à lui. Je n'aurais jamais cru dire ces mots un jour, Leah. Je veux faire ma vie avec toi.

Ses yeux brillaient d'une telle intensité qu'elle crut un instant que son cœur allait éclater.

— Theo…

Il l'embrassa et tous les doutes de Leah s'évanouirent.

— Ne me laisse plus jamais partir, Theo.

— Plus jamais, ma chérie. Pardonne-moi.

Il prit de nouveau ses lèvres, la pressant contre lui.

— Tu m'as tellement manqué, murmura-t-il en la caressant comme s'il cherchait à redécouvrir chaque centimètre de son corps. J'ai peur, mais cet enfant t'a ramenée dans ma vie et je lui en serai toujours reconnaissant, assura-t-il en lui effleurant le ventre.

Il se pencha pour y poser un baiser avant de plonger son regard dans le sien.

— Il va falloir que tu m'aides. Je ne sais pas comment être un mari et encore moins un père.

— Nous le découvrirons ensemble, répondit-elle avec un sourire.

Theo sourit à son tour et lui prit la main. Sans lui donner le temps de réagir, il lui ôta sa bague en diamant.

— Qu'est-ce que tu fais ?

— J'ai regretté de te l'avoir donné à l'instant où je l'ai fait, dit-il en posant l'anneau sur la table de nuit. Je croyais que ça m'aiderait à garder mes distances, mais je me trompais. Tu me complètes, Leah, continua-t-il en lui caressant la joue. J'ai passé ces derniers jours à réfléchir aux erreurs que j'ai commises, et si je n'ai pas le pouvoir de changer le passé, je peux au moins changer quelque chose. Je l'ai choisie parce que c'est ta couleur favorite, ajouta-t-il en sortant une petite boîte de sa poche.

Il l'ouvrit, révélant un magnifique rubis entouré de diamants fins.

— Tu ne l'aimes pas ? demanda-t-il d'un air inquiet comme elle secouait la tête. Je peux l'échanger si tu veux.

— Non ! s'écria-t-elle, les larmes aux yeux. Il est parfait, je l'adore, mais je ne veux pas que tu te sentes obligé de m'acheter quoi que ce soit. Tu as passé tant d'années à essayer d'être parfait, reprit-elle en plongeant son regard dans le sien, et je ne veux pas que…

— Je pourrais en dire autant, mais je t'assure que les choses sont différentes, cette fois. Je ne cherche pas uniquement à te faire plaisir. Je le fais pour moi également parce que je t'aime plus que tout au monde, Leah, plus que je m'en croyais capable. C'est à la fois terrifiant et merveilleux, et je veux que tu sois heureuse.

— Tu es tout ce dont j'ai besoin.

— Tu n'as donc pas besoin de la bague ? la taquina-t-il.

— J'aimerais l'essayer, on ne sait jamais, répondit-elle, amusée.

Theo la passa à son doigt et sourit.

— C'est parfait.

— En effet. Tu sais ce qui est également parfait ?

— Je le sais déjà, murmura-t-il en prenant sa main dans les siennes pour embrasser l'alliance qu'elle portait. Tu es à moi, et je suis à toi pour toujours.

— Pour toujours, répéta-t-elle, ivre de bonheur.

— J'ai parlé à Dimitri…

— Vraiment ?

— Tu avais raison. Il était triste, mais il était surtout inquiet pour moi et pour toi, indiqua-t-il avec un sourire. Tu as réussi à combler le fossé qui nous séparait et à faire de nous une véritable famille. Alors, rentre à la maison avec moi.

— Nous reviendrons, n'est-ce pas ?

— Tu aimes l'île ? s'enquit-il, visiblement surpris et ravi.

— Oui. Ce n'est pas une prison, c'est un paradis. Je t'aime tant que ça en devient presque douloureux, ajouta-t-elle après un instant.

— Je ne veux pas que tu souffres, Leah, répliqua-t-il en l'embrassant.

— Je ne souffrirai pas tant que tu me garderas dans tes bras, murmura-t-elle comme il l'entraînait vers le lit.

16.

Trois ans plus tard

En voyant l'hélicoptère approchant de l'île, Leah rangea son carnet de croquis comme un petit cri ravi retentissait. De toute évidence, Petra avait elle aussi compris que Theo était de retour.

En temps normal, il ne s'absentait jamais plus d'une journée, mais il avait été forcé de rester à Athènes pendant près d'une semaine.

Quelques instants plus tard, il apparut sur la terrasse et le cœur de Leah se mit à battre la chamade. Trois ans qu'ils étaient mariés, trois ans de bonheur sans nuage et de nuits de passion, et il lui faisait toujours autant d'effet. Il lui suffisait d'un regard pour la rendre folle de désir.

Un sourire aux lèvres, il se dirigea vers elle, mais changea de trajectoire quand Petra courut vers lui.

— Papa !

Éclatant de rire, il la souleva dans ses bras tandis que Leah les observait d'un air attendri. Theo adorait leur fille et elle le lui rendait bien. Malgré toutes ses craintes, il était devenu un père merveilleux.

Theo murmura quelque chose à sa fille qui sourit et retourna s'installer sur les genoux de Dimitri, qui semblait avoir retrouvé une seconde jeunesse.

Alors, lentement, il se tourna vers elle, une étincelle de désir s'allumant dans ses yeux sombres.

— Tu es contente de me voir, *agape mou* ? murmura-t-il en la rejoignant.

Comme toujours, sa voix sensuelle la fit frissonner de désir alors qu'il l'attirait à lui pour l'embrasser.

— Comment s'est passée ta journée ?

— Bien, répondit-elle, le souffle court, mais je me suis endormie cet après-midi. Petra était en train de danser pour moi, mais je me suis assoupie.

— Tu es souvent fatiguée ces derniers temps.

— Tu as remarqué ? s'enquit-elle, nerveuse.

Le moment était venu de lui annoncer la nouvelle…

— J'ai remarqué autre chose, déclara-t-il en laissant son doigt descendre vers son décolleté.

— Je deviens peut-être paresseuse, dit-elle en prenant sa main dans la sienne pour la poser sur son cœur.

— Peut-être, répliqua-t-il avec un sourire amusé.

— À moins que je ne travaille trop…

Elle était à présent à la tête d'une entreprise de tricot en ligne qui rencontrait un joli succès.

— Peut-être, mais j'ai également remarqué que tu allais te coucher plus tôt que d'ordinaire. Je crois qu'il y a une autre raison.

— Tu penses que…

En guise de réponse, il ouvrit son sac et en sortit une boîte.

— Et si tu vérifiais par toi-même ? dit-il en lui tendant un test de grossesse.

Leah éclata de rire, mais secoua la tête.

— C'est inutile. J'ai déjà fait un test ce matin. Je suis enceinte, annonça-t-elle en se jetant à son cou.

— Je le savais ! s'écria-t-il avant de l'embrasser avec passion.

Le rire de Petra résonna, les ramenant à la réalité, et il s'écarta pour mieux l'observer.

— Leah ?

— Oui ?

— Je ne pourrai jamais te remercier pour tout ce que tu as fait pour moi. Grâce à toi, je me suis rapproché de mon grand-père et je suis devenu père d'une merveilleuse petite fille. Et je vais l'être de nouveau… Tu as changé ma vie, Leah, ajouta-t-il, les yeux brûlants d'amour. Je sais à présent ce que c'est que d'aimer et d'être aimé en retour. Merci.

Bouleversée par sa déclaration, elle se blottit dans ses bras.

Retrouvez en décembre 2020,
dans votre collection

AZUR

La promise de Noël, de Lynne Graham - N°4279
Leo Romanos est un homme d'affaires et certainement pas du genre à s'encombrer d'une famille. Seulement, quand à la veille de Noël il se retrouve brusquement tuteur de ses quatre neveux orphelins, il n'a d'autre choix que de trouver une épouse pour l'épauler. Aussi se résout-il à demander en mariage la jolie Letty, qui a cruellement besoin d'argent pour sauver sa famille de la ruine. Entre eux, il ne s'agira que d'un pur arrangement… s'il parvient à ignorer l'attraction qui le pousse vers son innocente promise !

La dette de Monte-Carlo, de Caitlin Crews - N°4280
« Vous m'avez sauvée. » Si Julienne est de retour au Grand Hôtel de Monte-Carlo, c'est dans le but de rencontrer Cristiano Cassara. Dix ans plus tôt, l'homme d'affaires l'a tirée de la misère pour lui offrir un travail et une nouvelle vie – sans jamais rien demander en retour. Toutes ces années, Julienne a pensé à son bienfaiteur et à la façon dont elle pourrait le remercier. Et, aujourd'hui qu'il pose sur elle ce regard intense qui a hanté ses nuits, elle sait exactement comment lui payer sa dette…

Un trône pour Samia, de Susan Stephens - N°4281
Bientôt, Luca Fortebracci accomplira son destin royal. Il montera sur le trône de Madlena, au côté de l'épouse idéale qu'il aura choisie. Pourtant, avant cela, il compte bien profiter de ses derniers instants de liberté sur son luxueux yacht. Au cours de sa croisière en Méditerranée, il rencontre la mystérieuse Samia. Belle, mais loin de posséder les attributs royaux qu'il recherche chez sa future femme, elle l'attire irrésistiblement. Au point que Luca, tout en sachant qu'ils n'ont aucun avenir ensemble, décide de la séduire…

Scandaleuse nuit londonienne,
de Lucy King - N°4282
Nom : Kate Cassidy. Ville : Londres. Expériences sentimentales : aucune.
En rejoignant une agence d'escort-girl pour arrondir ses fins de mois difficiles, Kate n'a pas l'intention d'offrir à ses clients autre chose que des conversations sages au restaurant. Hélas, Theo Knox, le meilleur ami de son frère, s'est mis dans la tête de la protéger des hommes trop entreprenants. Et pour cela, c'est lui-même qui veillera sur elle – chaque jour et peut-être la nuit aussi…

Un prince pour patron,
de Michelle Conder - N°4283

Pour Cassidy, être l'assistante personnelle de Logan d'Arrantino est un défi quotidien. Non seulement elle travaille sans relâche pour satisfaire son patron intransigeant, mais il lui faut surtout taire les sentiments qu'elle éprouve secrètement pour lui. Hélas, leur relation se complique encore quand Logan est brusquement contraint de devenir roi. Car il exige que Cassidy l'accompagne en son palais…

La fuite d'une héritière, de Susan Meier - N°4284

En tant que riche héritière, Morgan a toujours fait ce que sa famille attendait d'elle. Pourtant, alors que son père la conduit à l'autel, elle prend soudain conscience qu'elle ne veut pas de ce mariage huppé – et encore moins de celui qu'elle s'apprête à épouser. Alors elle fuit ! Bientôt rattrapée par Riccardo Ochoa, l'associé de son père chargé de la ramener à la maison, elle parvient à le convaincre de lui accorder deux semaines. Deux semaines de liberté qui, passées au côté du bel Espagnol, pourraient bien devenir pure volupté…

L'époux grec d'une princesse,
de Julia James - N°4285

Pour sauver de la faillite sa famille exilée, la princesse Elizsaveta est prête à tout. Et même à contracter un mariage de convenance avec un homme qu'elle ne connaît pas ! Dès ses noces avec Leon Dukaris, son sens du devoir est pourtant mis à rude épreuve. Entre Leon et elle, le désir est sauvage, irrépressible. Or, si Leon a clairement énoncé qu'il ne sera jamais question d'amour entre eux, Eli sent poindre en elle des sentiments sincères et inavouables pour son époux grec…

Le secret d'Enzo Cardinali,
de Jackie Ashenden - N°4286

SÉRIE : *HÉRITIERS ITALIENS* - 1/2

Cela fait quatre ans qu'Enzo Cardinali tente d'oublier la passion qu'il a connue avec la douce Matilda. Or, alors qu'il pensait ne jamais revoir celle qui l'a quitté sans un mot d'adieu, voilà qu'il la retrouve sur une île des Cotswolds… dotée d'un petit garçon. Un enfant qui a les mêmes yeux dorés que lui. Dès lors, Enzo est résolu à revendiquer sa paternité et à révéler au monde que le royaume de Monte Santa Maria a désormais un héritier !

L'enfant des dunes, d'Annie West - N°4287

SÉRIE : *FRÈRES DU DÉSERT* - 1/2

Enlevés dans le désert, retenus captifs dans une même cellule sombre… Ashraf et Tori unissent leurs forces et leurs corps, durant une nuit aussi dangereuse que voluptueuse. Sauvés in extremis le lendemain, tous deux sont hélas séparés. Aussi, c'est avec stupeur que Tori retrouve Ashraf quelques mois plus tard. L'homme qu'elle croyait mort se révèle être le prince de Za'daq, et il ignore encore qu'un bébé est né de leur étreinte inoubliable…

Une étreinte royale, de Jennifer Faye - N°4288

SÉRIE : *LE NOËL DES CATTANEO* - 2/3

Le poids des responsabilités pèse lourd sur les épaules de Noémi, puissante héritière de la dynastie Cattaneo… Durant une nuit à Milan, pourtant, elle oublie ses soucis entre les bras du sublime Max dont elle ignore tout. Quelle n'est pas sa stupéfaction de le retrouver trois mois plus tard dans la station de ski familiale de Mont-Cœur et de découvrir que Maximilien est prince ! En cette veille de Noël, doit-elle lui révéler que leur étreinte passionnée n'a pas été sans conséquence, puisqu'elle attend un enfant de lui ?

**À la merci du milliardaire russe,
de Dani Collins - N°4289**

Cent mille livres contre une nuit de passion ? Claire sent un mélange de honte et de colère l'envahir. Pour qui la prend Aleksy Dmitriev pour oser lui faire une telle proposition ? Bien sûr, elle a plus que jamais besoin de cet argent – puisque ce même Aleksy vient de détruire sa vie – mais, si cet odieux milliardaire pense pouvoir acheter ses faveurs, il se trompe lourdement ! Et elle va le lui dire. Sauf que, sous le regard brûlant d'Aleksy, Claire sent malgré elle une fièvre inconnue s'emparer de tout son être. Pour une nuit, une seule, peut-elle céder au désir que lui inspire cet homme qui ne voit en elle qu'une vulgaire croqueuse de diamants ?

Composé et édité par HarperCollins France.

Achevé d'imprimer en octobre 2020.

BLACK PRINT

Barcelone

Dépôt légal : novembre 2020.

MIXTE
Papier issu de sources responsables
FSC® C108412
www.fsc.org

Pour limiter l'empreinte environnementale de ses livres, HarperCollins France s'engage à n'utiliser que du papier fabriqué à partir de bois provenant de forêts gérées durablement et de manière responsable.

Imprimé en Espagne.